KB021788

코칭, 나를 살리다

아픔에서 성숙으로

펴 낸 날 2020년 8월 10일

지 은 이 박용권
펴 낸 이 이기성
편집팀장 이윤숙
기획편집 정은지, 윤가영, 이지희
표지디자인 이윤숙
책임마케팅 강보현, 류상만
펴 낸 곳 도서출판 생각나눔
출판등록 제 2018-000288호
주   소 서울 잔다리로7안길 22, 태성빌딩 3층
전   화 02-325-5100
팩   스 02-325-5101
홈페이지 www.생각나눔.kr
이 메 일 bookmain@think-book.com

• 책값은 표지 뒷면에 표기되어 있습니다.
  ISBN 979-11-7048-128-7(03810)
• 이 도서의 국립중앙도서관 출판 시 도서목록(CIP)은 서지정보유통지원시스템 홈페이지
  (http://seoji.nl.go.kr)와 국가자료공동목록시스템(http://www.nl.go.kr/kolisnet)에서
  이용하실 수 있습니다(CIP제어번호: CIP2020030470).

더 큰 꿈을 찾아
우리 곁을 먼저 떠난 큰아들에게
이 책을 바칩니다.
사랑한다!

만남에 대하여

       나는 이 글을 쓰는 동안 내가 지금껏 살아온 날들에 대하여 많은 생각을 하였다. 인생이란 흔히 얘기하는 희로애락— 기쁘고, 화나고, 슬프며, 때로는 즐거운 일들이 조목조목 적절하게 퍼즐처럼 맞춰져 있는 것이 아닐까 싶다. 어느 한 조각이 빠져도 인생이라는 퍼즐이 제대로 완성되지 않을 것이다.

  무릇 감정이란 나의 내면에서 홀로 생겨나서 나를 기쁘게, 화나게, 슬프게, 그리고 즐겁게 만드는 것이다. 그런데 감정의 원인을 좀 더 내밀히 들여다보면, 다른 누군가와의 만남에 따른 부산물로 생겨나는 것이기도 하다.

  지구상에서 살아가는 약 78억 명의 인구 중에서 내가 만날 수 있는 사람은 과연 몇 명이나 될까? 또, 내가 만난 사람 중에서 나를 기억하는 사람은 도대체 몇 명일까?

  만남 중에는 짧은 시간이지만 영원히 기억에 남기도 하고, 오랫동안 만나왔더라도 한순간에 잊히기도 한다. 나는 내 주변에 있는 많은 사람과 긴 시간 동안 만남을 이어가며 오래도록 기억되기 바란다.

물론, 만남은 서로 다른 생각을 지닌 타인과의 관계로 인해 지속하기 힘들 수도 있다. 나는 코칭을 배우면서 서로 다름에 대해 이해하게 되었고, 그러면서 사소한 것에도 감사하는 마음이 생겼다. 예를 들면, '나와 다른 타인의 생각으로 나의 시야가 조금 더 넓어진 것에 감사합니다.'라는 생각과 함께 타인과의 관계에서도 감사의 마음으로 이어졌다.

누군가는 "그렇게 감사할 일이 뭐가 있냐고!"라고 말할 것이다. 하지만 생각을 조금만 바꾸어 주위를 둘러보면 감사할 일이 너무나 많다는 것을 알 수 있다.

중국 당 시대의 운문선사가 했던 '일일시호일(日日是好日)'이라는 말이 있다. 말 그대로 해석하면 '하루하루가 좋은 날'이라는 뜻이다. 나는 매사에 좋은 일이라는 생각으로 감사하며 살아가자는 말로 이해하고 싶다.

우선 이 책을 쓰는 데 많은 도움을 준 아내와 아들에게 감사의 마음을 전한다. 가족의 관심과 응원이 없었다면 쉽게 도전하지 못할 일이었다. 두 사람은 내가 하는 일에 대해 항상 든든한 지원군이 되어 준다. 이 얼마나 감사한 일인가?

남서울대학교 대학원에서 코칭을 배우는 기회를 주고 코칭에 대해 가르쳐주신 도미향 지도교수님과 선배로서, 코치로서, 교수님으로서 각별한 관심과 사랑을 베풀어 주신 김영기 교수님, 그리고 내가 NLP 트레이너가 되기까지 과묵하게, 때론 세심하게 NLP를 가르쳐주신 심교준 교수님께 감사드린다. 현재도 나의 학문적 성장을 위해 도움을 주고 계신 분들이다. 정말 감사하다.

더불어 개인적인 모임인 Karma의 법우님을 비롯한 많은 분들도 감사하다. ph3의 모든 멤버들도 빼놓을 수 없는 든든한 버팀목이 되어줘서 감사하다. 그리고 서미우와 50년 가까이 만남이 이어지는 또 다른 나의 삶인 초등시절 친구들, 이들 또한 감사하다.

인간은 사회적 동물이라고 한다. 누구나 이 세상을 혼자 살아갈 수 없고, 더불어 함께 살아가야 하는 존재다. 나는 유독 '같이, 다 함께 같이, 또는 더불어 함께'라는 말을 좋아한다. 가족이나 친척이 많지 않아서일 수도 있겠지만, 아주 소중한 것을 잃고 나서 얻은 삶의 가치일 수도 있다. '가치'와 '같이'는 같은 발음을 가진다. 나는 내가 배운 것, 경험한 것을 필요한 사람에게 가치 있게 같이 나누고 싶다. 그리고 더불어, 함께 살고 싶다.

2020년 봄꽃비가 내리는 날에,
박용권 드림

차
·
례

❧ 만남에 대하여 · 4

제1장_ 새로운 가능성을 엿보다

제2장_ 행복과 아픔이 교직하다

제3장_ 코칭으로 치유하다

제4장_ 오래되어 더욱 소중한 것들

chapter 01

새로운 가능성을 엿보다

나의 첫 사내 강의

"인생에서 성공하는 비결은
좋은 기회가 오면 즉시 받아들일 수 있는
마음가짐이 되어 있는 사람이다."

– 벤자민 디즈레일리

✍ 살아가면서 여러 기회를 잡기도 하고 스치기도 하지만, 회사에 입사한 이후 17년이 흘렀을 때 인생을 바꿀 기회가 내게 찾아왔다. 영업팀장을 맡아 안정적으로 팀을 이끌어 갈 무렵이었다. 독일 본사에서 내부 영업직원들의 영업 역량 향상을 위해 개발한 Sales/marketing program을 한국에 근무하는 직원들을 대상으로 강의할 사내 강사에 선정된 것이다.

사람들 앞에서 강의한다는 것은 한편으로는 두렵기도 하지만, 다른 한편으로는 흥분되는 일임에 틀림없다. 학창 시절에 선생님이 되어도 좋겠다는 생각을 잠시 했던 적은 있었지만, 이러한 방식으로 기회가 찾아올 줄은 꿈에도 몰랐다.

사내 강사가 되었다고 해서 본연의 업무를 소홀히 할 수도 없는지라 업무의 강도나 부담은 몇 배로 늘어날 것을 예상했지만, 나는 이 제안을 흔쾌히 받아들였다. 훗날 이 일이 내가 코칭의 세계에 입문하게 되는 계기가 될 줄은 당시에는 미처 몰랐다.

사내 강사의 업무가 호락호락하지는 않았다. 새로운 강의 모듈을 배우기 위해 평소의 업무 강도보다 몇 배의 시간을 쏟아야 했다. 나는 한국뿐 아니라 사내 강사로 선정된 아시아 지역의 다른 동료들과 교육을 받기 위해 아시아 지역 본부인 홍콩으로 가게 되었다. 강의는 당연히 영어로 진행되었고, 쏟아지는 바쁜 강의 일정에 따라 나는 정신없이 움직였다.

내가 한국으로 돌아와 강의를 준비할 때, 기존 강의를 바탕으로 강의 내용을 단순히 번역해서 전달하는 것으론 부족하다고 판단했다. 우리 회사의 성장 환경과 교육 시스템, 영업 환경뿐만 아니라 우리나라 기업의 환경과 정서에 맞게 이를 바꿔서 전달해야 할 필요가 있었고, 이를 완벽하게 소화하기 위해서 참으로 많이 노력했다.

그럼에도 불구하고 이 교육은 나에게 정말 값지고 색다른 경험이었다. 단순히 회사의 제품을 판매하기 위해 동분서주했던 과거에 비하면 나보다 고객의 입장을 우선 생각하며 고객과 원활한 소통으로 제품을 판매하는 성과에까지 이르게 하는 내용이었다. 또한, 영업사원으로서 회사에 대한 소속감 및 충성도를 높이며, 요즘 많이 화두가 되는 '워라벨', 일과 삶의 균형이라는 측면에서 본인의 자질 향상과 업무에 대한 만족이 삶의 질에 대한 만족도로 이어질 수 있다는 것이다.

게다가 중국, 태국, 말레이시아 등 아시아 다른 나라 사내 강사와의 소통을 통해 그들 나라의 영업적인 상황과 교육 등에 대한 많은 간접 경험을 할 수 있어서 나에게는 큰 도움이 되었다. 무엇보다 가장 궁극적인 즐거움은 나보다 상대를 먼저 생각하게 되고, 새로운 배움을 남과 나눈다는 점이었다.

회사에 입사했을 당시, 첫 상사였던 팀장님이 나에게 이런 이야기를 들려주었던 기억이 난다. 우리 회사의 제품은 산업재이기 때문에 소비재처럼 일반인들에게 판매하기가 쉽지 않다. 단순히 제품을 판매하는 것에 초점을 맞추기보다는 고객들과 소통하고 진정으로 가까워지면, 그들이 스스로 우리에게 다가와 제품 구매를 할 것이다. 이 말인즉슨, 고객을 머리로 대하지 말고 가슴으로 대하라는 뜻이었다. 나는 영업 활동을 하면서 줄곧 이 이야기를 되뇌었고 강사 교육을 통해 이를 체득할 수 있었다.

사내 강사가 된 후 첫 강의를 준비하던 무렵에 생각나는 일화가 있다.

나는 오프닝을 포함해서 첫 세션과 마지막 세션을 진행하게 되었다. 동료 사내 강사들과 좋은 강의를 진행하기 위해 수십 차례에 걸쳐 리허설을 준비했고, 서로에게 다양한 시각으로 발전적인 피드백을 주고받았다. 그러나 실제로 강의를 할 때 긴장감과 불안감이 완전히 해소되지 않았다. 물론 강의는 잘 마무리되었지만, 아마도 그때 제3장에서 자세히 소개될 NLP(Neuro Linguistic Programming, 신경 언어 프로그래밍)를 알았다면 더 좋았을 것이다.

NLP에서는 "나는 할 수 있다!" 또는 "나는 문제없어!"라고 나 자신에게 자극 심기(Anchoring, 앵커링)를 하는 기법이 있다. 자극 심기란 과거의 성공했던, 또는 행복했던 특정 정보를 불러내어 현 상황에서 희망하는 상태나 바람직한 상태의 자극체로 사용하는 기법을 말한다. 이를 활용했었다면 첫 강의에서 '그렇게 떨지 않아도 되었을 텐데.'라고 회상하곤 한다.

누구나 다 알고 있는 유명한 성악가였던 파바로티가 생전에 무대에 섰을 때의 장면을 유심히 살펴보면, 왼손에 작지만 흰 손수건을 들고 있는 모습을 볼 수 있을 것이다. 이는 파바로티가 무대에서 노래할 때의 긴장감을 줄이고자 자신에게 자극 심기(Anchoring, 앵커링) 기법을 사용했음이 틀림없다. 세계적으로 유명하고 셀 수도 없을 만큼 많이 무대에 올라가서 노래했던 파바로티도 무대에 설 때마다 느끼는 긴장감은 없애기 어려웠던 것이 아닐까.[1]

이 자극 심기 기법은 현재 본인이 느끼고 있는 긴장감이나 불안을 최소화시키고 잘 해낼 수 있다고 하는 자신감을 심어주기에 최적의 기법이라고 생각이 든다.

1_ 심교준, 「성취 심리학」, 씨앗을 뿌리는 사람

다음 페이지부터는 사내 강사 시절의 노하우가 담긴 나의 강의 노트들이다. 고객과의 미팅뿐 아니라 일상에서도 접목할 수 있는 내용을 간단히 정리해보았다.

강의 노트 1. 고객과 효과적으로 소통하기

"말을 혀로만 하지 말고
눈과 표정으로 말해라."

– 유재석

✎ 우리는 상대를 설득하거나 상대와 소통할 때 통상적으로 말로 의사 전달을 한다고 생각하기 쉽다. 예전에 고객과의 대화에서도 내가 어떤 단어를 선택하느냐가 중요하게 느껴져서 이에 집중하기도 했다.

커뮤니케이션은 크게 단어, 음조, 보디랭귀지 등으로 구성되어 있다. 내가 상대에게 전하는 행위를 통해 커뮤니케이션을 성공적으로 이룰 수 있게 하는 확률은 단어가 7%, 음조가 38%, 보디랭귀지가 55%에 해당한다는 실험 결과가 발표되었다. 이것이 바로 메라비언의 법칙(The Law of Mehrabian)이다. 상기 3가지 중에서 2가지가 반대의 상황이면, 이야기를 듣는 상대는 보디랭귀지를 신뢰한다고 했다.

이 법칙은 캘리포니아대학교 로스앤젤레스캠퍼스(UCLA) 심리학과 명예교수인 알버트 메라비언(Albert Mehrabian)이 1971년에 출간한 저서에 발표한 것으로 오늘날까지 커뮤니케이션 이론에서 자주 인용된다.

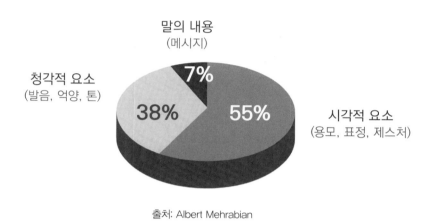

출처: Albert Mehrabian

물론 이 법칙이 커뮤니케이션에 있어서 보디랭귀지, 즉 표정이나 태도 등이 하고자 하는 말보다 우위에 있다는 뜻은 아니다. 상대에게 어떤 효과적인 의사 전달을 위해서는 해당하는 언어의 선택은 가장 기본으로 전제되어야 할 것이다. 게다가 우리가 어떤 제스처와 표정, 태도를 하느냐에 따라 전하고자 하는 말이 더 설득력을 갖추거나 와닿게 되는 것이다. 또, 어떠한 톤으로 이야기를 하느냐에 따라 그 말에 더 힘을 실리게 할 수 있다.

상대와 대화를 하다 보면 상대의 표정이나 행동을 통해서 커뮤니케이션이 잘 전달되고 있는지를 살펴볼 수 있다. 상대가 대화하는 도중 몸을 뒤로 젖힌다거나 다리를 꼬는 행위는 대화에 흥미가 떨어진 상태를 나타낸다. 상대의 시선이나 표정에서도 대화에 대한 반응을 살펴볼 수 있다.

NLP(Neuro Linguistic Programming)에서는 인간이 성장하면서 본인이 주로 사용하여 특별히 발달된 감각이 있어서 다른 감각보다 우선하는 감각을 선호표상체계(Preferred Representation System)라고 부르며, 인간에게는 오감, 즉 시각·청각·촉각·후각·미각이 있지만 NLP에서는 시각·청각·촉각 세 가지 감각에 중점을 두어 고객의 시선 방향에 따라 독특한 의미를 부여한다. 이것을 시선 식별 단서(Eye Accessing Cues)라고 부른다.

아래의 그림을 살펴보자.

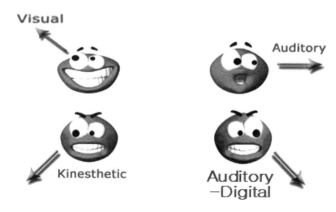

출처: 구글 이미지

좌측의 인물은 시선이 위를 향하고, 중간 위의 인물은 시선이 측면을, 우측에 있는 인물은 시선이 아래를 향하고 있다. 시선이 위를 향하는 사람은 감각 중 시각(Visual)에 의존하는 경향이 크며, 측면을 응시하는 사람은 청각(Auditory)에 더 예민하며, 아래의 오른쪽을 향하는 사람은 체각(Kinesthetic)에 의존하거나 반응하는 경향이 있는 사람이며, 아래의 왼쪽을 향하는 사람은 내적 대화(Auditory Digital)에 의존하거나 반응하는 경향이 큰 사람이다. 이처럼 눈동자의 방향과 위치에 따라 반응하는 감각이 다르며, 이에 따라 상대가 표현하고자 하는 내용이 달라질 수 있다.

이러한 고객의 얼굴에서 나타나는 여러 가지 변화를 확인하는 안면 징후(BMIR, Behavioral Manifestation of Internal Representation) 등의 방법은 고객과의 소통에도 적극 활용할 수 있다.

관찰 대상은 사람의 모든 부분이 모두 대상이 되는데, 이를 식별 단서(Accessing Cues)라고 한다. 가장 먼저는 호흡을 들 수 있다. 흉식 호흡인지, 복식 호흡인지, 숨의 얕고 깊은 정도, 빠르고 느린 상태 등을 살펴본다.

다음에는 표정도 중요한 관찰 대상이다. 피부색, 긴장도, 주름, 눈동자, 눈썹 등의 움직임도 유심히 살펴보아야 한다.

다음으로는 자세 움직임이 있다. 이는 몸의 자세, 태도, 팔다리의 위치와 각도, 손의 움직임, 정지 상태 등을 살펴보는 것이다. 그리고 목소리도 중요한 요소이다. 목소리의 고저, 음조, 속도, 음색, 리듬 등을 통하여 감정이나 정서 상태를 파악할 수 있다. 기타 침묵의 길이나 상태, 느껴져 오는 에너지, 파장, 분위기 등도 하나의 요소가 될 수 있다.[1]

안면 징후(BMIR, Behavioral Manifestation of Internal Representation)는 내부 표상이 밖으로 드러난 단서로 경험의 표상이라고 할 수 있는 시각·청각·촉각·후각과 미각을 통해 내적 상태가 관련된 신체적 단서를 말한다.

B.M.I.R.을 통해서 우리는 비언어적(Non verbal) 단서를 파악하게 되고 내부적으로 일어나고 있는 감정의 변화 정도를 관측하고 알아차리는 것이 가능하다. 관찰 식별(Calibration)을 통한 안면 징후를 읽는 능력을 훈련하면 훨씬 더 효과적인 의사소통이 가능하다.

1_ 심교준, 「NLP 코칭기법」, 도서출판 조은.

고객과의 대화에서 짧은 시간 동안 회사의 제품을 효과적으로 소개하는 방법이 있다. 엘리베이터를 타고 올라가거나 내려오는 짧은 시간 동안 회사의 제품을 광고하거나 장점을 소개하여 관심을 불러일으키는 말하기라는 뜻으로 엘리베이터 피치(Elevator Pitch 또는 Elevator Speech)라한다.

약 30초에서 60초 정도의 범위 내에서 영어를 기준으로 하면 대략 100~300 단어 정도의 표현으로 특정 제품에 대해 고객이 얻을 수 있는 가치를 설명하는 것이다. 가장 중요한 것은 우리가 가지고 있는 가치를 주장하여 기존 고객 및 잠재 고객의 관심을 유도하도록 설득한다. 강의 때 주로 사용했던 예시는 다음과 같다.

안녕하세요. XXX 회사의 ○○○ 상무님이시죠!

저는 ○○○ 회사의 △△△이라고 합니다. 이렇게 만나 뵙게 되어서 반갑습니다. 제가 최근에 웹사이트에서 XXX 회사의 신규 시장 진출을 위한 Road map을 봤습니다. 그중에서 A시장에서 B라는 제품에 역점을 두고 이를 추진하신다고 이해했습니다. 그 상황에 적합한 제품이 ○○○ 회사에 있습니다. 담당자를 소개해주시면 찾아뵙고 자세하게 말씀드리도록 하겠습니다. 감사합니다.

엘리베이터 스피치를 활용하여 나 자신을 소개해보세요.

강의 노트 2. 고객의 이야기를 마음으로 듣기

"의사소통에서 가장 중요한 것은
말하지 않은 것을 듣는 것이다."

– 피터 드러커

✎ 최근에 다양한 관계 속에서 소통 부재의 원인으로 듣기의 중요성을 강조하는 공익 광고가 눈길을 끌고 있다. 광고는 '말이 통하는 사회, 듣기에서 시작'이라는 카피를 내세운다. 이 말은 과연 사실일까?

어느 가정의 일상 모습을 보자. 남편은 퇴근하고 소파에 기대어 앉아 TV를 보고 있다. 아내는 저녁 준비를 하면서 오늘 있었던 일과를 열심히 이야기한다. 남편은 아내의 이야기를 듣는 둥 마는 둥 간신히 대꾸하며 리모컨으로 여기저기 채널을 돌린다.

우리는 이를 '배우자 경청(Spouse Listening)'이라 부르는데, 경청의 첫 번째 단계이다. 차마 경청이라고 할 수 없을 정도의 듣기 수준으로 마치 옛말에 '쇠귀에 경 읽기'라는 표현과 비슷하다.

다음 단계인 '소극적 경청(Passive Listening)'은 배우자 경청보다는 다소 나은 단계로 경청의 두 번째 단계이다. 예를 들면 회사에서 부하 직원의 보고 시에 상사의 시선은 컴퓨터를 향하고 있고, 보고하는 내용에 무심히 "응.", "그래!", "그래서…", "그냥 시키는 대로 해!" 등과 같이 말한다. 본인이 듣고 싶고, 하고 싶은 부분에 대해서만 선택적으로 듣고 반응하는 상황이 이에 해당한다.

경청의 세 번째 단계는 '적극적 경청(Active Listening)'이다. 적극적 경청은 듣는 사람이 말하는 사람의 입장에서 말의 의미와 상황에 대한 감정 상태를 이해하고 공감하는 듣기이다. 상대를 마주 보고 열린 마음으로 상대의 말에 귀를 기울이기 위해 상대를 향해 앞으로 약간 기울인 자세로 상대의 눈을 쳐다보고 아주 자연스럽고 편안하게 상대의 말을 경청하는 것이다.

경청의 최고 단계인 네 번째 단계는 '맥락적 경청(Contextual Listening)'이다. 맥락적 경청은 상대의 말투, 표정, 말의 내용뿐만 아니라 말하지 않은 그 이면의 내용까지 모든 것을 듣는 단계를 말한다. 맥락적 경청은 손짓 발짓은 물론 말할 때 목소리의 높낮이, 표정을 통해서 말하지 않은 이면까지 파악하며 마음으로 경청하는 것이 가능한 상태이다. 소크라테스나 석가모니와 같은 성인의 선문답이 이에 해당한다고 볼 수 있다.

NLP에서 시선 식별단서(Eye Accessing Cues), 안면 징후(BMIR, Behavioral Manifestation of Internal Representation) 등과 같은 관찰 식별(Calibration)을 통해 상대의 이야기에 대해 맥락적 경청을 할 수 있도록 연습하는 방법이 있다.[2]

"바람이 나를 키웠고 내 귀가 나를 가르쳤다."라는 유명한 말이 있다. 몽골의 대제국을 건설한 칭기즈 칸(Chinggis Khan)이 남긴 듣기의 중요성을 강조한 격언이다.

한자어 攝(다스릴 섭)에는 귀(耳)가 무려 세 개나 자리 잡고 있다. 이는 다스리는 행위란 바로 동서남북 사방의 소리뿐 아니라 들리지 않는 소리까지도 잘 들어야 한다는 숨은 뜻 아닐까?

상대의 이야기에 대한 공감적 경청을 방해하거나 저해하는 요소들이 있어서 사람들은 듣기에 대한 어려움을 겪는다. 공감적 경청을 방해하는 가장 큰 요인은 아무래도 자신이 그동안 살아온 신념

2_ 심교준, 「NLP 코칭기법」, 도서출판 조은

이나 가치관 또는 준거 틀을 바탕으로 상대의 생각이나 말에 대해 충고하고, 탐색하고, 해석하고, 판단하려는 경향 때문이다.

충고란 나의 생각이나 사고를 상대에게 강요할 때, 조언의 형태를 빌어서 하는 행위이다. 흔히 사용되는 은어로 '꼰대'라고 일컬어지는 세대들의 특징 중 하나이다. 이 세대가 흔히 쓰는 말인 "나 때는 말이야."라는 표현은 "Latte is Horse"라는 웃지 못할 풍자를 낳기도 했다.

탐색이란 상대가 하는 말의 의미 또는 의도에 대해 상대의 호기심에서 상황을 탐색하는 질문을 하는 것이 아니라, 나의 호기심에 따라 탐색적인 질문을 하는 것에 해당한다. 직원의 보고 내용 중에서 빠진 사항을 꼬치꼬치 따지고 물어 상대를 곤란케 하는 것이다. 아래의 대화를 살펴보자.

김 과장: 부장님, 어제 OO회사의 X 과장과 미팅을 했는데, 경쟁사 제품의 가격 인하 정보를 얻었습니다.
이 부장: 김 과장, 그 정보가 정말 맞아?
김 과장: 맞습니다. X 과장이 저에게 거짓말을 할 사람은 아닙니다.
이 부장: 그 얘기를 어떻게 믿어? 김 과장이 OO회사의 X 과장 뱃속이라도 들어갔다 나왔어?

김 과장: 부장님, 그게 아니고….

이 부장: 만일 김 과장이 내 입장이라면 그 말을 믿을 수 있겠어? 김 과장이 정말 거짓 보고한 적이 없는지 한번 확인을 해볼까? 응?

김 과장과 이 부장의 대화에서 이 부장은 김 과장이 말하는 요지를 따져 묻기보다는 김 과장의 말꼬리를 잡듯 대화하고 있다.

해석은 상대의 말에 대해 나의 준거 틀을 바탕으로 상대의 의도나 의미를 단정 짓고 해석하는 것이다. "나는 이렇게 이해가 되고 해석이 되는데, 너는 어떠냐?"라고 상대의 생각을 나의 기준에서 단정 지어 "Yes or No"의 대답을 기대하는 것에 해당한다.

판단은 상대의 말을 듣고 나서 내용보다는 결과의 옳고 그름을 판단하는 것이다. 상대의 의견이나 상황은 듣지 않고 내 생각만을 강조하는 듣기의 오류일 수 있다. 아래의 대화를 살펴보자.

박 과장: 팀장님, 전월 대비 이번 달의 판매량은 2%, 판매액은 3%가 증가했습니다. 이것은 환율의 영향이….

김 팀장: 박 과장, 왜 그렇게 말이 많아? 환율의 영향이 아니라 전월 대비 높은 가격의 제품이 상대적으로 많이 팔려서

그런 거야.

박 과장: 팀장님, 이 자료를 보시면 전월 대비 환율이….

김 팀장: 어이, 박 과장, 내 말이 맞다니깐 자꾸 우기고 그러네!

박 과장과 김 팀장의 대화에서 김 팀장은 박 과장이 제시하는 데이터를 확인하지도 않은 채, 자신의 주장만이 옳다고 우기는 태도를 보인다.

그러면 경청을 잘하기 위해서는 어떻게 해야 할까?

경청을 잘하기 위해서는 NLP에서 상대와 말하는 관계성(Rapport)을 잘 형성해야 한다. 관계성이란 넓은 의미에서는 존재와 존재 사이의 관계에 대한 모든 것이며, 좁게는 인간과의 관계에 해당한다. 상대와 관계를 잘 형성하기 위해서는 상대에 대한 충분한 관찰 식별(Calibration)이 이루어져야 한다.

가장 우선해야 하는 전제는 상대와 대화할 때 편안한 분위기를 조성해야 하며, 상대의 말을 귀담아들어야 한다는 것이다. 끝까지 집중하여 듣는다는 것은 귀로 듣고, 눈으로 듣고, 가슴으로 듣고, 마지막으로 온몸으로 듣는 것을 말한다. 상대의 말에 나의 에고(Ego)가 개입하여 충고, 탐색, 해석, 판단을 배제한 채 듣는 것이다.

나는 NLP를 배우고 실천하며 가르치는 NLP 트레이너이자 코치로서, 일차적인 목표(Outcome)인 적극적 경청(Active Listening)을 실천하고자 다짐한다. 그리하여 최종적(Meta outcome)으로는 맥락적 경청 단계(Contextual Listening)까지 이를 수 있도록 노력에 노력을 거듭할 생각이다.

강의 노트 3. 효과적으로 질문하기

"말은 마음의 초상이다."

- J. 레이

    ✎ 말의 중요성에 대하여 예부터 전해오는 일화가 있다. 당나라 말에 유일하게 5개 왕조 11명의 황제를 모시면서 재상을 지냈던 명재상 풍도(馮道, 882~954)는 설시(舌詩)라는 시를 통해 "구시화지문, 설시참신도(口是禍之門, 舌是斬身刀)."라고 노래했다. 이를 풀이하면 "입은 화를 부르는 문이요, 혀는 사람을 베는 칼이다."라는 뜻이다. 말을 조심하고 함부로 하지 말아야 하며, 말의 중요성을 새삼 새기게 하는 시구이다.

커뮤니케이션에서 듣기가 매우 중요하지만, NLP에서는 이와 상응하게 질문하기도 중요하다. 나를 찾아오는 고객은 스스로에 대한 제대로 된 질문(자문자답, 自問自答)을 할 수 없기에 전문가의 도움이 필요하여 찾아오는 것이다. 즉, 질문과 대화를 통해서 해답을 찾는 것이다. 코칭에서 직접적인 수단이 되는 것이 바로 질문이므로 어떠한 질문을 하느냐에 따라 해답을 찾을 수 있다. 소크라테스나 공자와 같은 현자들은 제자들에게 직접적으로 해답을 가르치는 것이 아니라 제자들에게 질문함으로써 제자들이 스스로 해답을 찾아 행동하도록 하였다.

질문의 종류는 아래와 같다.

열린 질문/닫힌 질문: 열린 질문은 5W1H(Who, When, Where, What, Why, How)에 해당하는 질문으로, 궁금한 내용을 여러 가지 방법으로 확인하기 위하여 상대의 상황을 탐구하기 위한 질문이다. 닫힌 질문은 상대에게 'Yes', 또는 'No'로 답을 끌어낼 수 있는 질문을 말한다.

사색적인 질문: 상대에게 앞서 말한 내용을 탐구하고 성찰하거나 자신의 지식, 경험 또는 견해를 더 깊이 탐구하도록 하는 질문으로, 예를 들면 "어떤 기분을 느꼈나요?"와 같은 질문이 이에 해당한다.

가정 질문: 가능성을 탐구하고 관계를 테스트하기 위해 설계된 질문으로, 예를 들면 "만약 ~하면 어떻게 될까?"라는 질문을 말한다.

정당화 질문: 진술 또는 설명에 대한 합의나 정당성을 추구하기 위해 설계된 질문으로, 예를 들면 "그렇지 않냐?"라고 되묻는 질문이 있다.

이중 질문: 질문자가 첫 번째 질문에 대한 답을 기다리지 않고, 즉시 두 번째 질문을 이어서 하는 경우가 이에 해당한다. 예를 들면 "하는 게 어떻습니까? 해보시겠습니까?"와 같은 질문이 해당한다.

다중 질문: 상대가 공개 질문을 받고, 실제 답을 선택할 수 있다는 느낌이 들도록 설계된 질문이다. 실제로 가능한 답변은 질문자에 의해 제공되며, 질문자에 의해 선택 사항이 정해지는 형식이다. 이는 질문자의 의도대로 답변을 얻어 내기 위한 질문에 가까우며 답변하는 사람의 선택 범위는 한정적이다.
예를 들면 "여러분의 회사에 뭐가 좋을까요, (a), (b)…, 또는 (c)?"라고 묻는 형태를 말한다.

요약 질문: 고객과의 협상에서 그 협상을 마무리할 경우, 협의한 것에 대해 한 번 더 확인하며 협상을 공고히 할 때 사용하는 질문이다. 예를 들면 "만약 우리는 ○○○안에 대해서… 그럼 우린 찬성하는 거죠?"라는 질문이 이러한 형태이다.

질문을 잘하기 위한 전제는 상대의 말을 잘 경청하는 것이다. 경청과 질문은 상호 밀접하게 연결되어 있으며, 경청이 좋은 질문의 바탕을 이루고 좋은 질문을 통해 해답을 찾을 수 있는 수단이 되는 것이다.

경청에도 해당하는 예시일 수 있으나, 중국 소설 초한지(楚漢志)의 항우와 유방의 이야기는 질문법에 아주 적절한 사례일 것이다.

출처: '항우와 유방' 구글 이미지

항우는 장수의 기질을 지녔고, 그에 반해 유방은 군주의 기질을 가졌다. 그런 항우는 유방에게 딱 한 번 진 것을 제외하고는 자신이 참가한 전투에서 한 번도 진 적이 없다. 그러한 이유로 항우는 신하들에게 얘기할 때 '하여(何如)', 즉 "내가 이렇게 결정했으니 따르겠는가? 안 따르겠는가?"라고 했다. 이 질문은 상대의 의견은 듣지 않고 내가 모든 것을 결정했으니 당신들은 그냥 "Yes or No"의 대답만 하면 된다고 말하는 것과 같은 일방적인 자세이다.

반면에 유방의 곁에는 우리가 잘 아는 대장군 한신, 행정가 소하, 그리고 지략가 장량 등 훌륭한 인재가 있었다. 그리고 유방은 항상 신하들에게 '여하(如何)', 즉 "어떻게 생각해? 어찌할까?"라고 질문을 했다. 이 질문은 상대의 의견을 충분히 듣고 그것을 고려하여 결정하려는 소통과 경청의 자세가 기본이 되어 있어야 가능하다.

항우는 닫힌 질문을, 유방은 열린 질문을 한 좋은 예시이다.

첨언하면, 자기중심적이고 의심이 많았던 항우는 충언을 잘 받아들이고 인재 활용에 능한 유방에게 결국 패하여 자결하고 만다.

고객 또는 상대방의 진정한 욕구를 파악하기 위한 4단계의 질문법이 있다.

첫 번째 단계는 배경을 파악(Explore Background)하는 질문이다. 이는 고객과 본질적인 문제 또는 상황에 들어가기 전에 전체적인 상황, 배경, 현재 상황 그리고 관련되는 정보를 파악하는 단계에서 하는 질문에 해당한다.

두 번째 단계는 문제나 상황을 분석(Analyze Problem and Situation)하기 위한 질문이다. 고객이 처한 상황이나 문제 해결에 도움이 될 수 있는 것에 대한 질문을 말한다.

세 번째 단계는 관련 상황이나 문제의 해결을 위한 강화(Strengthen Case)된 질문이다.
상대 고객과 미팅을 통해 확인된 문제나 상황의 결과 및 영향을 확인하는 단계에서 하는 질문에 해당한다.

최종 단계는 상황을 종료하고 마무리(Finalize & Close Deal)하는 질문이다.
논의된 문제에 대한 솔루션을 위해 요구되는 사항 및 그에 따른 가치 또는 마지막 제안이 참고해야 하는 특정 요구 사항 등을 최종적으로 확인하고 협상을 마무리하는 단계에서 하는 질문에 해당한다.

예를 들어 자동차를 판매할 경우, 고객은 먼저 SNS 등을 통해 시장과 구매에 대한 많은 정보를 파악하고 자동차 영업점을 방문한다. 고객의 진정한 욕구를 파악하기 위한 질문법을 따라가 보도록 한다.

첫 번째 단계: 전체적인 배경에 대한 질문

- 현재 고객이 소유하고 있는 차는 어떤 종류인가요?
- 구매한 지 얼마나 되었나요?
- 사용하면서 어떤 불편한 점은 없었나요?

두 번째 단계: 구매하고자 하는 자동차의 종류에 대한 질문

- 특별히 선호하는 차종이 있나요?
- 고객이 특정 브랜드의 차를 구매했을 경우, 어떠한 용도로 사용할 건가요?
- 누가 만족도가 가장 높을까요?
- 고객이 차를 직접 시승을 해본 후, 어떠한 궁금한 사항이 있나요?

세 번째 단계: 마음의 결정을 내리기 전에 하는 질문

- 구매하기로 선택된 자동차의 타사 대비 갖는 호감은 어떠한가요?
- 어떤 부분이 마음에 들었나요?
- 현재 보유 중인 자동차의 처분 계획은 무엇인가요?

네 번째 단계: 최종적인 결정

- 고객이 가족과 상의한 후 구매 결정을 한 상태에서, 차량 대금 결제 계획 등은 어떻게 진행할까요?
- 구매한 차량의 인도 시기는 언제로 할까요?

나의 친구 또는 가족에게 효과적인 4단계 질문법을 통해 원하는 바를 찾아보세요.

강의 노트 4. 성공적인 의사 결정을 위한 8가지 황금률

> "이 세상의 큰 성공을 거둔 사람들은
> 대부분 이미 자기가 가지고 있는 것들을
> 100% 활용한 결과일 뿐이다."
>
> – 니콜로 마키아벨리

✎ 우리는 '처음'에 대한 기억이나 인상을 특별하게 생각한다. 예를 들면, 첫사랑, 첫인상, 첫 만남 등에 의미를 부여하고, 이에 대한 감정을 오래도록 지니기도 한다. 심리학 용어로 첫 만남에서 느낀 인상, 외모, 분위기 등이 그 사람에 대한 고정 관념을 형성하여 대인관계에서 작용하는 것을 '초두효과(初頭效果, Primary Effect)'라고 한다. 어떤 상황이나 사실을 맨 먼저 받아들이면, 추후 새로운 정보가 입력되더라도 사고에 강력한 영향을 끼치게 된다.

동료들을 대상으로 강의했을 때, 고객과의 미팅에서 성공한 사례를 분석한 적이 있었는데, 대다수 동료들의 이야기가 첫 미팅에서 고객과의 첫인상에 대한 중요성이었다. 영업사원은 특히 첫인상이 중요하다. 첫인상이 영업에 많은 영향을 미칠 수 있기 때문이다. 강의 시간에 '좋은 첫인상 만들기'에 대한 자신만의 노하우를 공유하기도 하고, 이를 만들기 위한 노력에 대해 강조하였다.

성공적인 소통을 위한 핵심을 다룬 책으로 데이브 마컴, 스티브 스미스, 마한 칼사의 『Business Think』라는 책이 있다. 통상적으로 이 책에서는 고객과의 소통에서 영업사원으로서 가져야 할 자세, 8가지 황금룰을 소개하고 있다. 이는 영업사원 스스로 실적 향상을 위한 노력과 연계되는 자세이기도 하다. '좋은 첫인상 만들기'의 팁이 될 수도 있다. 함께 이를 정리해보자.

하나, 고객 방문 전 자신의 에고(Ego)를 점검하라.
이는 내가 가지고 있는 감정 상태를 고객을 만날 수 있는 상태로 바꾸라는 뜻이다. 내면 상태를 안정되게 만드는 것은 고객에게 편안함을 제공할 뿐만 아니라, 고객을 관찰하고 파악할 수 있는 준비를 하는 것이다. 예를 들면, 약속된 시간보다 조금 일찍 도착해서 편안한 심호흡으로 마음을 가다듬고 고객을 만나는 것이다.

둘, 고객의 호기심을 창출하라.
이는 고객과의 비즈니스 미팅에서 고객의 욕구를 자극하는 것의

중요성에 대해 말한다. 앞에서 언급된 고객의 욕구 파악 질문법이
이에 해당한다.

셋, 전형적인 해법을 벗어 던져라.

해법을 제시하기 전에 먼저 이 해법이 진정으로 당사자에게 이익
이 되는지 충분히 검토할 필요가 있다. 알버트 아인슈타인은 "우리
가 직면한 중요한 문제들은 우리가 문제를 만들었을 때와 동일한
수준의 방식으로는 풀리지 않는다."라고 했다. 이는 전형적인 해법
에서 벗어나서 새로운 접근을 해야만 문제의 실마리를 찾을 수 있
다는 뜻이기도 하다.

넷, 증거를 확보하라.

우리는 흔히 더 많이, 더 빨리하는 것에 익숙하여 자칫 중요한
증거를 놓치기 쉽다. 정확한 증거를 내밀어서 고객과의 신뢰를 확
고히 할 필요가 있다. 영업사원은 미팅 시 상대의 욕구에 대해 명
확하게 초점을 맞춰야 한다.

다섯, 영향과 효과를 계산하라.

영향과 효과는 고객이 만지거나 눈으로 확보할 수 있는 상태로
계산해서 알려줘야 한다.

수량이나 데이터로 확보할 수 있는 영향과 효과를 제시하면, 의

사 결정에 긍정적인 결과를 가져올 수 있다.

여섯, 파급효과를 탐구하라.

영업사원은 파급효과가 미치는 범위까지 파악하고 있어야 하며, 조직 전체의 사명, 비전, 그리고 주요 전략들과 자신이 제시한 해법이 어떻게 연결되는지를 알아야 할 필요가 있다.

일곱, 노란 불일 때는 속도를 줄여라.

고객은 미처 준비되어 있지 않을 수 있다. 문제를 만나면 속도 조절을 해서 멈추거나 늦춰서 녹색불이 될 때까지 기다려줘야 한다. 노란불을 감지하여 속도를 늦추고, 자신의 에고를 다시 점검하면서 적절한 절충안을 찾을 수 있다.

여덟, 문제의 원인을 찾아라.

문제가 발생하게 되면 적절한 원인을 찾는 것이 가장 중요하다. 원인을 찾지 않고 문제를 해결하려는 시도는 근본적인 문제를 해결할 수 없는 태도이다. 영업사원은 항상 '왜?'라는 의문을 지녀야 한다. 그리고 상대와 내가 생각하는 원인의 차이가 발생할 수 있으니 유연성을 가지고 이를 확인해야 한다.

나의 첫인상을 좋게 하기 위한 구체적인 방법을 생각해보세요.

강의 노트 5. 고객의 성격유형에 따른 특징과 대응 방법

"모든 살아 있는 존재는 자기 자신이 되고자 한다.
올챙이는 개구리가,
애벌레는 나비가,
상처받은 인간은 온전한 인간이 되고자 하는 것이다.
이것이 영성이다."

– 엘렌 바스

✏ 나는 빠른 결정과 목적 지향적인 타입이다. 반면 아내는 많이 고심하는 안정된 결정과 과정 지향적인 타입이다. 결정 방식과 목적이 정반대인 우리 두 사람은 종종 부딪히는 경우가 있다.

예를 들어서 외식을 하기로 정했다고 치자. 그러면 나는 '바닷가 근처에서 해산물을 먹을까? 아니면, 근사한 레스토랑에서 스테이크를 썰까?'와 같은 생각을 하게 된다. 이와 반대로 아내는 메뉴를 정하는 데서부터 세분화 과정을 거친다. '돼지고기를 먹게 되면 삼겹살을 먹을까? 목살을 먹을까? 아님, 갈비를 먹을까?'부터 시작하기에, 메뉴와 위치 선정까지 오랜 시간이 걸리게 된다.

나의 관점에서는 아내가 답답하다고 느껴질 수 있고, 아내의 관점에서는 내가 꼼꼼하지 않다고 느껴질 수 있다. 그러나 성격유형에 따른 특징과 이에 대응하는 방법을 알게 되면 서로 간에 다름을 인정하게 되고 그것을 전제한 상태에서 서로를 더 이해하고자하는 방향으로 대화를 이끌어갈 수 있다.

NLP에서는 인간이 성장하면서 본인이 주로 사용하여 특별히 우선하여 발달한 감각이 있으며, 인물의 시선 방향에 따라 시각·청각·촉각 세 가지 우위 감각을 구분할 수 있다. 이러한 것을 시선식별단서(Eye Accessing Cues)라고 부른다. 상대 또는 고객이 선호하는 표상체계(Preferred Representation System)에 따라 사용하는 표현이 달라진다.

시각(Visual)	청각(Auditory)	체각(Kinesthetic)	내부 언어(ID)
본다.	들린다.	느껴진다	생각한다.
쳐다보다.	귀 기울여 듣는다	만지다.	학습한다.
관점을 갖는다.	소리로 들린다.	잡는다.	결정한다.
나타나다.	음악을 만들다.	쥔다.	고려한다.
보여준다.	화음을 만들다.	미끄러져 나간다.	변화한다.
동트다.	조율한다.	잡고 있다.	인식한다.
드러내다.	종이 울린다.	피부에 와닿다.	알고 있다
예견하다.	소리 내지 않는다.	접촉한다.	의식한다.
밝힌다.	들린다.	던져버리다.	희생한다.

〈표상체계와 대표적 표현〉

시각 우위의 사람은 '본다', '쳐다본다', '관점을 갖는다', '나타나다', '보여준다' 등의 시각 위주의 표현을 선호하여 사용한다. 청각 우위의 사람은 '듣는다', '음악을 만든다', '들린다' 등 청각 위주의 표현을 선호하여 사용한다. 촉각 우위의 사람은 '느껴진다', '만지다', '잡는다' 등 촉각 위주의 표현을 선호하여 사용한다. 따라서 상대가 어느 표상체계를 사용하는지에 맞춰서 대화를 이어간다면, 효율적인 대화를 통해 원하는 결과를 이끌어내는 것이 수월해진다.

코칭 이론에 대한 심화된 연구와 학습을 위해 대학원 석사 과정에 진학한 후, 김영기 교수님의 〈조직 코칭〉 강의를 이수하였다. 이 과정에서 'READ 성격유형 분석기법'을 배웠고, 또 교수님의 적극적인 지원을 통해 이에 대한 유형별 특징 카드를 제작하고, 디자인 특허를 내는 작업을 진행하였다. 'READ 성격유형 분석카드'는 카드 형태로 제작되어서 고객과 관계 형성을 하는 측면에서도 수월하고, 이해력을 높이는 측면에서도 많은 도움이 되기에 코칭 시 활용도가 높다. 이를 간단히 소개하자면 아래와 같다.

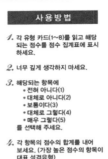

READ 성격유형 분석 기법은 성격의 유형을 4가지로 분류하여 특징지었다.

초록색 카드는 사람과의 관계를 항상 우선순위에 두고 행동하는 '관계 중시자(Relator)'이다. 어울리는 직업군으로는 매니저, 총무, 인사 업무 관련 종사자 등이 이에 해당한다.

주황색 카드는 사람들 속에서 좋은 분위기를 형성하게 만드는 '분위기 메이커(Energizer)'이다. 어울리는 직업군으로는 영업 관련 직종이 이에 해당한다.

파란색 카드는 데이터를 토대로 현상을 분석하는 '분석가(Analyst)'이다. 대표적인 직업군으로는 회계, 자문 직종이 이에 해당한다.

빨간색 카드는 업무나 분야에서 총괄적인 지휘를 맡거나 기획, 감독하는 '지휘자(Director)'이다. 대표적인 직업군으로는 CEO, 감독 등이 이에 해당한다.

나의 성격유형과 나와 가까운 상대의 성격유형을 비교 분석해보세요.

30여 년의 회사 생활을 되돌아보면

"그대가 배운 것을 돌려줘라. 경험을 나눠라."

– 도교

'교학상장(敎學相長)'이라는 고사성어가 있다. 이는 가르치고 배우면서 서로 성장하는 것을 뜻한다. 오랜 회사 생활의 감회를 굳이 표현하자면 그렇다.

30여 년이라는 긴 회사 생활 중에는 힘들고 어려웠던 적도 많았지만 기쁨, 성취감이나 감사의 마음을 가진 적이 훨씬 많았다. 가장 인상적인 것은 누군가를 가르치는 경험을 하게 해준 것이다. 강사 업무를 통해 새로운 것을 배우는 경험과 배움을 누군가와 나눌 수 있는 즐거움을 깨달았다. 이러한 경험이 기폭제가 되어 코칭을 배우기까지 점점 더 저변이 넓혀지게 되었다.

오랜 세월 동안 한 회사를 계속 다닐 수 있었던 것도 감사할 일이다. 경제 위기와 수많은 환경 변화 속에서도 안정된 직장생활을 할 수 있게 해준 것도 고맙다. 나에게 다양한 업무를 맡을 기회를 제공해주었고, 해외 출장을 통해 많은 나라를 둘러보며 다양한 시각과 경험을 가질 수 있었던 것은 정말 행운이었다.

회사 생활을 하면서 나는 리더가 가져야 할 자질에 대해 많은 생각을 하게 되었다. 사람에게는 인품(人品)이 있는데, 그것은 곧 사람으로서 가져야 하는 품격이나 됨됨이를 말한다. 인품을 이루는 요소로 크게 두 가지가 있다. 하나는 언품(言品)이고, 다른 하나는 행품(行品)이다.

인품(人品) = 언품(言品) + 행품(行品)

첫 번째, 언품(言品)은 '말을 하는 품격'을 말한다.

우리는 흔히 직급이 높으면 거기에 따라 인격도 높다고 생각할 수 있다. 그러나 이와 반대로 높은 직급을 가진 이들이 자신보다 아래 직급의 사람들에게 함부로 말하는 경우를 종종 본다. 직급의 높고 낮음이 인격의 높고 낮음과 비례하지 않는다는 말이다. 반대로 말하면 직급이 낮더라도 됨됨이가 훌륭한 사람은 얼마든지 존재한다.

회사에서 일어나는 경우로 간단한 예를 들어보자. 상사가 부하

직원의 업무에 대한 평가나 조언을 할 때, 아래처럼 말하는 경우가 있다.

"어이! 김 대리, 너는 말이야."

이것은 김 대리가 한 업무에 대한 평가보다는 한 인격으로서 김 대리를 두고 하는 말에 가깝다. 이것을 이렇게 바꿔보면 어떨까?

"김 대리, 이번에 김 대리가 한 일에 대해 잠깐 얘기할 수 있을까?"

이러한 표현은 김 대리가 한 업무에 대해서만 국한하여 이야기하자는 제시이고, 듣는 입장에서도 기분 나쁘게 들리지 않을 것이다. 즉 일과 사람을 분리해서 일에 대해서만 평가나 조언을 하는 태도가 필요하다.

우리의 두뇌는 감정에서 너와 나를 구분하지 못하고, 언어에서는 부정적인 언어를 받아들이지 못한다. 우리는 일상이나 회사 생활에서 상대방이 어떤 것에 대해 나와 가진 생각이나 감정이 달라서 화가 날 때가 있다. 그리고 그 화를 참지 못하고 상대방에게 화를 내버리고 만다. 그러나 곰곰이 생각해 보면, 화를 낸다고 그 일에 대해 해결이 되거나 의견 일치를 보게 되는 것이 아니며, 오히려 나에게 화를 낸 것이나 마찬가지인 셈이다.

또 회사에서 회의 도중에 상대가 일을 처리하는 것이 미숙하거나 결과가 기대에 미치지 못할 경우, 여러 사람 앞에서 그 상대를 충고하거나 질책하기도 한다. 이는 오히려 역효과를 불러온다. 좋은 일이나 잘한 일은 여러 사람 앞에서 칭찬하고, 그렇지 못한 일은 그 해당 상대에게만 단독으로 이야기해야 할 것이다.

사람이 지닌 고유의 가치를 존중하는 자세가 필요하다. 제임스 오웰의 명언 중 "사람을 존경하라, 그러면 그는 더 많은 일을 해낼 것이다(Respect a man, he will do the more)."라는 말이 있다.

일은 결국 사람이 하는 것이다. 그 사람이 일을 잘할 수 있도록 지지해주고, 그 일을 처리하는데 불편 사항이 없는지 살펴봐 주는 것이 리더의 자질이다.

우리가 세상을 살면서 항상 마음에 새겨야 할 것이 있다. 우리가 누군가를 비난하기 위해 손가락질을 할 경우, 손가락 하나는 상대를 가리키지만, 나머지 세 손가락은 자신을 가리킨다. 비난은 결국 돌아오는 것이다.

두 번째, 행품(行品)에 대해서는 중국 명 말기에 나온 어록집, 『채근담』에 '춘풍추상(春風秋霜)'이라는 말이 나온다. 이는 '다른 사람을 대할 때는 봄에 부는 봄바람처럼 다정하고 따뜻하게, 하지만 본인을 대할 때는 가을에 내리는 서리처럼 냉정하고 단호하게 행하라.'라는 뜻이다. 흔한 유행어로 '내로남불'이라는 줄임말 표현이 있는데, 남에게는 아주 엄격하고 단단한 잣대를 두는 반면, 나에는 아주 관대하고 너그럽게 대하는 경우를 빗대어 표현한 말이다. 우리는 너무 쉽게 '내로남불' 하는 건 아닌지 스스로 돌아볼 필요가 있다.

사이먼 사이넥의 『나는 왜 이 일을 하는가?(Start with Why)』라는 책에서는 '매니저는 사물을 관리하는 사람이고, 리더는 사람의 가능성을 발견하여 역량을 키워주는 사람'이라고 했다. 매니저와 리더의 차이는 단순히 관리 업무를 떠나 스태프가 가진 원석을 찾고 이를 다듬을 수 있도록 격려할 수 있는지의 여부가 아닐까? 훌륭한 리더는 자신의 직감을 믿고, 머리보다는 가슴을, 과학보다는 예술을 따른다. 이렇게 사람의 가능성을 발견하여 역량을 키워주는 리더가 되기 위해서는 다른 사람의 이야기를 주의 깊게 들을 줄 아는 경청과 마음으로 통하는 공감 능력이 필요하다고 본다. 우리 주위에 있는 얼마나 많은 리더가 이렇게 하고 있을까?

제임스 C. 헌터의 『서번트 리더십』에서는 '리더란 직원들의 욕구를 규명하고 충족시키며 여러 가지 장애물을 제거함으로써, 고객에게 봉사할 수 있도록 돕는 사람'이라고 나와 있다. 리더는 자고로 봉사의 미덕도 지녀야 한다. 다시 말하면 직원들의 욕구를 규명하고 충족시키며 여러 가지 장애물을 제거함으로써, 고객에게 봉사할 수 있도록 돕는 사람이다.

예수 그리스도께서는 "누구든 리더가 되고자 한다면 먼저 봉사자가 되어라. 리드하기 위해서는 봉사하는 법부터 배워야 하느니라."라고 하셨다. 리더이기 이전에 봉사하는 마음을 가진 인간적인 자세가 기본적으로 요구된다는 뜻이다. 우리가 사는 세상에서 리더라고 자청하는 사람들의 몇이나 이러한 봉사적 자세를 견지하고 있는지 묻지 않을 수 없다.

예부터 동양에서는 관리를 등용하는 시험에서나 사람을 보고 사람의 됨됨이를 파악할 때, 신언서판(身言書判)을 평가 기준으로 삼았다. 신(身)이란 그 사람의 몸가짐을 말하고, 언(言)은 사람의 말이나 언변, 서(書)는 글씨나 필적을, 판(判)은 사람의 문리(文理), 곧 사물의 이치를 깨달아 아는 판단력 또는 가치 기준을 말한다. 이처럼 그 사람이 가지고 있는 몸가짐과 말과 언어의 형태, 가치 기준이 일치해야 할 것이고, 이러한 요소들이 모여 그 사람을 나타낸다고 할 수 있다.

사람 = 생각 = 말 = 행동

어떤 사람이 상대에 대해 나쁜 감정이 있다고 가정해보자. 그 상대를 만나게 될 때, 그러한 말이나 감정, 행동거지는 반드시 어떠한 형태로든 표출되기 마련이다. 흔히 쓰는 말 중에 역지사지(易地思之)가 이런 상황에 적절한 구절이 아닌가 생각된다. 그리고 이러한 행동은 다시 어떠한 형태로든 당사자에게 되돌아온다.

5세기 말에 중국 후위(後魏)의 길가야가 담요와 함께 한자(漢子)

로 번역(飜譯)한 경전인 『잡보장경(雜寶藏經)』에 아래와 같은 이야기가 나온다.

지나치게 인색하지 말고,
성내거나 질투하지 말라.
이기심을 채우고자 정의를 등지지 말고,
원망을 원망으로 갚지 말라.
위험에 직면하여 두려워 말고,
이익을 위해 남을 모함하지 말라.
객기 부려 만용 하지 말고,
허약하여 비겁하지 말며,
지혜롭게 중도의 길을 가라.
이것이 지혜로운 이의 모습이다.

대략 1,600여 년 전에 기록된 이야기이지만, 이기심을 버리고 중도의 삶을 살라는 가르침은 오늘을 살아가는 우리에게도 맞닿아 있다.

또 다른 이야기로 노자(老子)의 『도덕경(道德經)』 제73장에는 '천망회회(天網恢恢), 소이불실(疏而不失)'이라는 내용이 나온다. '하늘의 그물은 광대하여 엉성한 것 같지만, 놓치는 일이 없다.'라는 뜻이다. 언뜻 보아 하늘의 그물은 너무나 커서 어쩔 수 없이 성기고 엉성할 수밖에 없을 것이라 여길 수도 있겠지만, 사실은 아무것도 그것을 빠져나갈 수 없다.

우리가 물고기를 잡을 때, 그물코가 크면 작은 물고기들이 다 빠져나가서 허탕을 칠 것이기에 그물코를 작게 만들어야 한다는 주장이 과연 맞을까? 그물코가 작으면 미처 다 자라지도 못한 치어까지 잡혀서 자연생태계에 혼란을 줄 수 있다.

우리가 흔히 쓰는 표현 중 법을 그물에 비유해서 사용하는 법망이라는 말이 있다. 법의 그물코도 어느 정도의 적절한 크기가 필요해서 누구나 억울한 일을 당하는 경우가 없어야 할 것은 당연하다. 노자의 말씀은 죄를 지은 사람이나 잘못을 한 사람은 어떠한 방식으로든 반드시 하늘의 그물에 걸리게 되어있다는 것이다.
그러니 상대방의 잘잘못을 가지고 당장 조급하게 반응하지 말자. 결국은 하늘의 정의가 강처럼 흐르게 될 것이며, 잘못을 저지른 사람은 하늘에서 벌을 내릴 것이니, 하늘에 대한 신뢰감을 가지고 살라는 노자의 큰 가르침이 아닐까?

세상 모든 것이 하늘 아래 존재하듯이 공간이나 시간적인 개념으로 비교해보면, 하늘은 무한하고 광대한 존재이고, 우리 인간은 유한하고 아주 미혹한 존재로 볼 수 있다. 하늘 아래에서 보면 같은 처지인 인간들끼리 나의 이기적이고 빠른 성공을 위해 다른 사람의 기회나 입장을 무시하고 또 그를 아프게 할 필요가 없다. 그렇게 해서 내가 더 빨리 성공한다고 한들 무슨 소용이 있을까? 결국에는 모든 것이 하늘의 이치에 따라 귀결되고 말 것이라는 생각이 든다.

내가 만일 누군가가 나에 대한 험담을 한 것을 알거나 나에 대해 좋지 못한 감정을 가지는 것을 알게 된다면, 기분이 어떻겠는가? 역지사지(易地思之)로 생각하면 정답을 찾을 수 있다. 우리는 항상 좋은 말을 쓰기 위해 노력하고, 좋은 표정을 지으려고 노력하고, 좋은 생각을 하고자 노력해야 할 것이다.

chapter 02

행복과 아픔이
교직하다

부모님이라는 든든한 버팀목

"부모는 그대에게 삶을 주고도,
이제 그들의 삶까지 주려고 한다."

– 척 팔라닉

     ✎ 중학생 시절, 이란, 이라크와 같은 중동의 몇몇 산유국들은 보유한 자원에 비해 열악한 기반 시설과 생활환경으로 사회간접 시설에 대한 건설이 필요했다. 이것이 우리나라의 중동 건설 붐으로 이어졌다. 근면 성실한 국민성과 비교적 높지 않은 인건비로 많은 한국의 근로자들이 중동으로 떠나게 되었는데, 아버님도 마찬가지였다.

  아버님의 부재 동안 남은 가족들이 늘 기다리던 것이 하나 있었다. 동생들과 나는 학교를 다녀오면 책가방을 휙 던져두고 우편함부터 뒤지는 게 일과였다. 당시 외국에 계신 아버님과의 유일한 연락망이 편지뿐이었기 때문이다. 동생들과 서로 편지를 먼저 뜯어보겠다고 기분 좋은 실랑이를 했던 추억이 떠오른다.

어머니는 말없이 뒤에서 우리를 지켜보시면서 옅은 웃음을 띠고 계셨다. 돌이켜 생각해보면, 그 누구보다도 어머니께서 가장 아버님의 안부를 기다리고 계셨을 것이리라.

가족들의 건강에 대한 염려와 본인의 안부가 전부인 편지는 평소의 아버님 모습처럼 담담했지만, 먼 타국에서도 가족들의 울타리가 되어줄 정도로 든든했다.

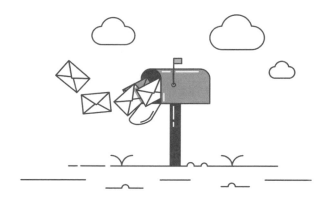

고등학교를 졸업하자 이번에는 내가 고향을 떠날 차례가 되었다. 인천으로 대학을 진학하면서 태어나서 처음으로 가족들과 멀리 떨어져서 독립적으로 생활하게 되었다. 새로운 환경에서 생활하는 것이 설레기도 했고, 가족들과 떨어져 홀로 지내는 것이 외롭기도 했다.

부모님께서도 멀리 떨어져 지내게 된 자식이 혹시 방황이라도 할까, 타지 생활을 잘 헤쳐 나갈까, 걱정과 염려가 상당하셨을 거라 짐작되지만, 두 분 다 내색 한 번 하신 적이 없으셨다. 살아오면서 우리 삼남매 중 누구 하나 공부하라는 잔소리를 들어본 적이 없었다. 항상 그렇듯이 뒤에서 묵묵히 지켜봐 주시며 믿어주셨다. 그리고 방학이나 명절이 되어 귀향하게 되면 푸근하고 따뜻하게 맞아 주셨다.

부모님께서는 가족뿐 아니라 친척, 지인들에게도 항상 인정이 많으셨고 잘 챙기셨다. 아버님은 특히 조상을 섬기는 일에 대해서도 중요하게 생각하셨다. 내가 취업에 성공하자 조상님에게 감사를 드려야 한다며 같이 밀양으로 가서 시제(時祭)에 참석한 적도 있다.

고향에서 아시는 분의 주선으로 아가씨를 소개받고 일사천리로 결혼이 진행되었다. 혼인 날짜를 정하고 부모님께 이를 알린 날, 아버님과 처음으로 대작하던 그때를 잊을 수 없다. 아버님께서는 내가 대학에 진학하면서 이미 술을 마시는 줄은 아셨으리라 생각된다. 하지만 한 가정을 꾸리게 되자 그제야 진정한 성인으로 대해주시는 것 같아 아버님과의 술자리 하는 내내 가슴이 벅찼다.

결혼을 하여 가정을 꾸리다

"이 세상에 태어나 우리가 경험하는 가장 멋진 일은
가족의 사랑을 배우는 것이다."

– 조지 맥도날드

✒ 첫눈에 반하다. 아내의 첫인상에 대해 누군가 물어오면, 이렇게 대답할 수 있을 것 같다.

1995년 연말 즈음에 어머니께서 아시는 분의 소개로 아내를 만나게 되었다. 고향에서 만남의 자리를 가지게 되었는데, 서울 생활에 익숙해서인지, 약속 장소가 낯설어인지, 길을 헤매다 목적지에 도착하였다. 만나기로 한 장소는 넓은 공간을 둘로 나눈 곳으로, 내가 처음 들어간 곳에는 아내가 없었다. 긴장되는 마음을 감추며 반대편의 공간으로 들어가는데, 멀리서 '저분이겠구나!' 싶은 느낌이 들었다.

문을 열고 그 사람을 보는 순간 주위는 화이트 아웃되면서 첫눈에 결혼해야겠다는 결심이 들었다. 지금 생각해도 어떻게 그런 생각을 했는지는 잘 모르겠다. 쑥스러워서 아직 아내에게 고백하지는 못하였지만, 아내를 처음 본 순간이 근사한 슬로우 모션 영상으로 마음속에 남아 있다.

그 당시 나는 서울에서 생활하고 아내는 고향에서 생활하여 물리적으로 거리감이 있었다. 우리는 우스갯소리로 홀숫날은 내가 전화하고, 짝숫날은 아내가 전화하기로 정했다. 그러나 정작 내가 매일 전화를 걸었다.

첫 만남에서 6개월이 흐른 뒤, 우리는 결혼했다. 급속도로 진행된 결혼이었지만, 아내는 나에게 부족한 안정감을 주는 존재였다. 아내는 나와는 반대되는 차분한 성격으로, 함께 있으면 마음이 편안해지고 오래 알고 지낸 사람처럼 금세 익숙해졌다. 나의 부족한 부분을 보완해주며 처음 봤을 때와 변함없이 한결같았다.

이듬해 봄, 우리에겐 새로운 가족 구성원이 태어났다. 큰아들이 태어나자 아버님께서는 직접 이름을 지어오시겠다 하시며 마냥 즐거워하셨다.

큰아들이 초등학생이던 어느 해 가을, 우연히 일정이 맞아 큰아들과 밀양에서 시제에 참석한 적이 있었다. 아버님께서는 일가친척들 한 분 한 분에게 손주를 직접 소개하시며 흐뭇해하셨다. 그리곤 밀양의 여기저기를 구경시켜 주셨다. 큰아들은 누구보다 할아버지의 사랑을 담뿍 받으며 자랐다.

몇 해 지나서 둘째가 태어나며 우리는 네 가족이 되었다. 둘째의 백일 즈음, 아이들의 성장 모습을 사진으로 남기고 싶어서 아들들을 데리고 사진관에 갔었다. 두 아들의 모습이 얼마나 귀엽고 예뻤으면 아들들의 사진을 전시용으로 사진관에 걸어두어도 되는지 사장님이 물어보셨다. 나는 그렇게 하시라고 했고, 며칠 뒤 사진을 찾으러 사진관을 방문했을 때, 벽면에 아이들의 사진이 전시되어 있었다. 겉으로 내색하기는 민망했으나 마음속 깊은 곳에서 감정이 벅차올랐다.

아이들이 자라는 모습을 옆에서 지켜보면 하루하루가 새롭고 매일 조금씩 성장하고 있다는 변화가 느껴졌다. 소소한 일상이 아이들과 함께 아름다운 추억이 되었다.

초등학생이 된 큰아들은 검도와 피아노 등을 배우고 있었다. 어느 날 피아노 학원에서 연주회를 하는 날이었다. 검도 수업을 막 끝내고 급하게 합류한 큰아들은 이마에 땀이 송골송골 맺힌 채로 피아노 앞에 앉아서 연주하였다. 그 모습이 얼마나 사랑스럽던지 아직도 눈에 선하다.

아리스토텔레스(Aristoteles, BC 384~322)는 행복에 대해 "지혜로

운 자의 목표는 행복을 성취하는 것이 아니라, 불행을 피하는 것이
다."라고 했다. 이때만 해도 나는 다가올 불행에 대해 전혀 예측하
지 못했을 뿐만 아니라, 이를 피할 어떤 대비도 할 수 없었다.

네 가족의 여행기

"행복을 찾는 일이 우리 삶을 지배한다면,
여행은 그 어떤 활동보다
(그 일을) 풍부하게 드러내준다."

– 알랭 드 보통

✎ 여행은 지친 일상과 쳇바퀴 같은 생활에서 벗어나 새로움을 환기해주는 역할을 한다. 또한, 편견과 시야를 넓혀주고 인간이라는 존재에 대해 새삼 숙연해지며 겸손한 마음을 가지게 한다.

부모님이 더 연로하시기 전에 단체로 가족 여행을 하고 싶어서 남동생, 여동생 가족과 우리 네 가족이 부모님을 모시고 단체로 제주도를 다녀온 적이 있다. 삼대가 함께한 여행이라 챙길 것도 많았고, 대가족의 이동이라 매번 정신없이 분주했지만, 언제 또 이런 순간이 다시 올 수 있을까 싶을 정도로 뿌듯한 여행이었다. 부모님께 맛있는 음식을 권해드리면 두 분은 손주들에게 하나라도 더 먹이시기 바쁘셨다. 부모님의 얼굴에 피어오르는 미소와 아이들의 함박웃음이 끊이질 않는 모습을 보며 다음에 또 기회를 마련해보자며 스스로 다짐했지만 쉽지 않은 일이었다.

아이들이 열 살, 여섯 살 무렵, 아이들과 함께 활동하기에 조금은 부담이 없을 시기라는 판단이 들었다. 가까운 여행지로 일본을 정하고 네 가족이 나고야, 나라, 오사카 등을 돌아보는 일정으로 첫 해외여행을 다녀왔다.

가장 기억에 남는 것은 함께 놀이공원에 갔었는데, 우리 부부가 신경 쓰지 않아도 될 만큼 큰아들이 동생 손을 잡고 다니면서 잘 보살피는 것이다. 동생이 무서워하자 형이 잘 다독이며 놀이기구를 함께 타기도 하였다. 손잡고 걸어가는 두 아들의 뒷모습만 봐도 마음이 흐뭇해서 미소가 절로 나왔다.

여행을 다녀와서 큰아들이 학교에서 내준 과제로, 여행에 대해 장소별, 일자별로 기록하고 사진을 붙이며 자료를 만들어 이를 발표하였다. 여행에 대한 아름다운 추억과 이를 학교에서 선생님과 친구들 앞에서 자랑스럽게 발표하고, 스스로 뿌듯해하는 모습을 보니 더 자주 여행을 해야겠다는 생각이 들었다. 그래서 일 년에 한 번은 가족들과 해외여행을 할 수 있도록 하자고 가족들과 약속했다. 아이들에게 새로운 세상을 더 많이 보여주고 경험하게 해주고 싶었다.

그러나 이듬해 아버님이 갑자기 돌아가시면서 당분간 가족 여행에 대한 약속을 지키기가 어려웠다. 시간이 흘러 몇 년이 지난 후 지인 가족들과 함께 말레이시아 코타키나발루를 다녀왔다. 오랜만에 네 가족이 함께한 여행이어서 모두 들떴고, 지인 가족들과 여유롭고 아름다운 풍광 속에서 즐겁고 느긋한 시간을 보냈다. 애석하게도 이것이 네 가족의 마지막 해외여행이었다.

홀로 남으신 어머니

"부모님이 우리의 어린 시절을
아름답게 꾸며주셨으니
이제는 우리가 부모님의 여생을
아름답게 꾸며드려야 한다."

– 생텍쥐페리

    ✎ 누구보다 건강하시던 아버님께서 갑작스럽게 교통사고를 당하셨다. 아버님의 사고 소식에 하늘이 무너져 내리는 것 같았다. 급하게 달려갔지만, 이미 손을 쓸 수 없는 상태였다. 중환자실에서 사흘 동안 사경을 헤매시더니, 꼭 잡고 있던 우리의 손을 그만 놓으시고 말았다. 황망하기 이를 데 없었고 상실감이란 이루 표현할 수 없었다.

당신이 손해를 보시더라도 누구에게 해 끼치는 것 없이 주변 사람들을 살뜰히 챙기시며 누구보다 열심히 당신의 터전을 가꾸시며 부지런히 사셨는데, 가시는 길이 너무 급작스러워서 어머니는 물론 모든 가족이 넋이 나가서 준비가 제대로 된 것이 없었다.

어머니의 당부로 생전에 아버님께서는 납골당이나 장묘 없이 자연장을 선택하셨다. 아버님을 보내드리면서 살아생전에 감사하다는 말씀을 제대로 표현하지 못했다는 것이 너무 가슴 아팠다. 의식 없이 병원에 계실 때도 비통함이나 슬픔 대신 아버님께 감사의 마음을 전달하지 못했던 것이 지금은 너무 안타깝다.

아버님을 보내드리고 어머니께서는 당신의 터전을 떠나고 싶지 않다고 하셨다. 그런 어머니를 홀로 남겨두고 일상으로 복귀하기 위해 어머니의 배웅을 받으며 서울 집을 향해 떠나는데, 어머니께서 몇 년은 더 연세가 드신 것처럼 보여 죄송스럽고 마음이 편치 않았다.

결혼 후 명절 때마다 본가에 가는 길에 아버님께서 좋아하시는 막걸리를 양조장에 들러 사서 가곤 했다. 명절 내내 막걸리를 맛있게 드시는 아버님의 모습을 보면 괜히 기분이 좋았다. 아버님을 떠나보낸 후 명절이 되어도 이제는 귀향하지 않고 우리 집에서 온 가족이 모인다. 그러다 보니 더는 그 양조장을 들를 일이 없어졌다.

명절에 역귀성하시는 어머니는 당신의 성품이 자식들에게 부담이나 짐을 주기 싫어하셔서 금세 고향 집으로 다시 돌아가버리시고 만다. 몇 해 전, 어머니의 의지로 증조부모와 조부모의 산소 정리를 했다. 나중에라도 자녀들과 후손들에게 벌초, 성묘 등의 짐이나 부담을 주고 싶지 않다는 어머니의 속내였다. 자식 입장에서는 어머니의 그런 마음이 죄송스럽기도 하고 감사하기도 하며 여러 가지 생각이 든다.

아버님 생전에 안부 전화를 드리면 늘 "애비냐?"라는 아버님의 반가운 목소리가 수화기 너머로 들려온다. 이제는 한참 후 받은 수화기 너머로 "나다."라는 어머니의 낮은 목소리가 들려온다. 일주일에 두세 번 하던 안부 전화도 아버님이 돌아가신 이후로는 매일 아침, 저녁으로 바뀌었다. 통화 횟수가 잦다 보니 통화 시간은 35초에서 50초가 고작이다. 어머니가 주로 하시는 말씀은 "밥 먹었니?", "차 조심해라.", "조심히 내려와라."가 전부이다. "조심히 들어가라."라는 말씀이 아닌 "조심히 내려와라."라는 말씀은 표현이 잘못되신 건지, 기력이 쇠하신 건지 마음 한편이 편치가 않게 들린다. 그러나 나는 내색 없이 그러겠노라고 답한 뒤 어머니와의 통화를 마무리하고 무거운 마음을 안고 집으로 향한다.

큰아들의 갑작스러운 질환

"행복은 항상 그대가 손에 잡고 있는 동안에는 작게 보이지만,
놓쳐보라.
그러면 곧 그것이 얼마나 크고 귀중한가를 알 것이다."

― M. 고리키

✎ 우리 집 가훈을 꼽으라면 "항상 건강하고, 올바른 생각을 지닌 사람이 되자."이다. 나는 가족들에게 항상 이를 강조해왔다.

내가 운동을 좋아했고 아들들도 이를 잘 따라 시간이 날 때마다 야구, 축구, 농구, 배드민턴 등을 함께 해왔다. 큰아들은 특히 운동신경이 있는 편이었다.

어느 여름밤, 집 근처 공원에서 큰아들과 배드민턴을 치고 있었는데, 내가 보기에도 뭇 성인 못지않게 열심히, 그리고 참 잘 쳤다. 지나가던 이들도 혹시 선수냐고 물어보기도 했다. 이를 듣고 큰아들은 쑥스러워하면서도 자신감이 넘쳤다.

그뿐 아니라 오랜 기간 검도를 배웠고, 다른 아이들보다 단기간에 검도 3단 자격을 따기도 했다. 달리기 또한 잘해 학교 대표 선수로 대회에 나가기도 하였다.

모든 가족이 특히, 야구를 좋아해서 잠실이며 목동, 인천구장까지 프로야구 경기를 관람하러 많이도 다녔다. 관중석에서 목청껏 응원하고, 치킨을 비롯하여 맛있는 음식도 사 먹으며 즐거운 시간을 보냈다. 우리 가족 모두가 가훈처럼 건강하고 올바른 생각을 지닌 사람이 되어가는 것 같았다. 그러나 마침내 그 일이 일어났다.

내가 사내 강사 교육을 위해 홍콩 출장을 다녀오고 나서 추석이 며칠 남지 않은 시점이었다. 우리 가족 넷은 집에서 가까운 식당에서 같이 저녁을 먹었다. 그 당시 큰아들에겐 감기 기운이 조금 있었지만, 추석 때 할머니 댁으로 내려가는 데에는 전혀 문제 될 것 없어 보였다. 다음 날 아침, 기차를 타기 위해 아내와 나는 짐을 챙겼지만, 큰아들은 상황이 생각보다 심각했다. 아내와 큰아들은 구급차를 타고 긴급하게 인근의 대학병원 응급실로 달려갔다. 나도 아들과 뒷정리를 끝내고 큰아들이 있는 곳으로 뒤따라갔다.

추석 연휴가 시작되는 시점이라 병원에서도 연휴에 맞춰 근무 체제를 바꾼 상태였다. 간단한 검사를 마치고 중환자실로 이동하였고, 사흘이 지나 일반 병실로 옮겼으나 상황이 호전되지는 않았다.

담당 의사와의 상담에서 큰아들의 질환이 뇌전증이라는 소견을 들었다. 생전에 듣지도 보지도 못했던 병이 사전에 어떠한 징후도 없이 우리 가족의 삶에 파고들었다. 인터넷과 각종 서적 등을 뒤져서 나는 이 병에 대해 공부하기 시작했다.

큰아들은 일반 병실에서 약 3개월 정도 입원하여 치료를 받았다. 아내와 나는 분업화하여 움직였다. 아내는 병원에서 큰아들을 돌보며 병원 생활을 뒷바라지했고, 나는 회사를 다니며 아들의 학교 및 학원 등 일과를 챙기게 되었다.

가족 중 누군가 아프게 되면 모든 일상이 어그러지며 정상적인 가정생활을 할 수 없다는 말을 실감하게 되었다. 큰아들이 아프면서 나는 가장으로서 가족들의 건강을 돌보지 못했다는 자괴감이 들었다. 왜 하필 누구보다도 건강하게 자라고 있는 우리 아이에게 그러한 병을 주셨으며, 우리 가족에게 큰 시련과 아픔을 주시는가 한탄하며 원망했다. 그러나 이미 벌써 벌어진 현실을 원망하며 한탄해봤자 뾰족한 수가 없었다.

큰아들은 3개월간 치료를 받은 후 퇴원하였으나, 그해 연말에 다시 재입원을 하게 되었다. 큰아들의 입원과 퇴원은 다시 일상처럼 우리의 삶에 스며들었다. 큰아들은 약물 치료와 뇌수술을 겪으며 누구보다 고통스럽고 어려운 시기를 보내고 있었고, 그에 비하면 아내와 내가 힘든 것은 아무것도 아닌 것 같았다. 아내와 나는 말끔히, 깨끗하게 아이의 병이 낫기를 바랐다. 아이가 나을 수만 있다면, 나는 지구 끝까지 가서 무엇이든지 할 수 있었다. 내 목숨을 바쳐서라도 말이다. 우리의 이런 바람과는 달리 현실은 냉정했다. 큰아들의 병증은 점점 더 깊어졌고, 우리는 이 정도에서 더 심해지지 않기를 바랄 수밖에 없었다.

큰아들이 혼자서 힘든 싸움을 하는 동안 우리 셋도 변할 수밖에 없었다. 아내는 원래도 차분하고 조용한 편이었지만, 곁에서 큰아들을 간호하면서 말수가 더 없어졌고 얼굴에 어둠이 드리웠다. 그때까지만 해도 엄마의 관심과 손길이 많이 필요했던 아들은 아픈 형을 바라보며 불안해했고, 부모의 관심이 형에게로 모두 집중된 상황에서 점점 더 외톨이가 되어가고 있었다. 나는 바쁜 회사 생활 속 짬짬이 아픈 큰아들을 보러 가고, 남은 아들을 돌보느라 지쳐가고 있었다.

아이가 아픈 지 5년 하고도 6개월의 시간이 흘렀다. 온전히 고통과 괴로움의 시간처럼 생각되지 않는다. 그래도 소소한 기쁨을 더 소중히 여기며, 때때로 웃기도 하며, 네 가족 모두 최선을 다해 일상을 흘려보냈다. 돌이켜 생각해보면 큰아들과 함께 보낸 소중한 시간이었다.

큰아들은 점차 기억력이 노인처럼 사라져갔고, 체력은 어린아이처럼 약해졌다. 지속적인 약 복용과 그에 따른 음식 조절 등 병증을 완화시키기 위한 조치를 잘 따랐지만, 이것 또한 큰아들에게 호의적이지 않았다. 아프면 학교를 쉬고 조금 나아지면 학교를 갔다오는 일상이 반복되었고, 아이의 등하교를 아내 혼자서 도맡았다.

그리고 아내와 내가 고작 해줄 수 있는 것은 큰아들이 조금 나아지면 먹고 싶은 음식을 준비해 주는 것, 가까운 곳으로 여행을 시켜주는 것, 야구장이나 영화관 등 큰아들이 좋아하는 것을 함께 해 주는 것뿐이었다. 기분 전환을 위해 가까운 바닷가에서 천천히 산책을 시켜준 적이 있었다. 언제 아팠냐는 듯 환한 미소가 아이의 얼굴에 피어오르자 괜스레 울컥했다.

큰아이의 컨디션이 조금 호전되었다는 판단이 들어 네 가족이 제주도로 3박 4일 여행을 다녀왔다. 무리가 되지 않는 선에서 여기저기를 둘러보았다. 오랜만에 타는 비행기에 설레하는 큰아들의 모습을 보니 오길 잘했다는 생각이 들었다. 아이가 아프기 전 명절에 고향에 갈 때 우리는 늘 비행기를 타곤 했다. 다들 말은 안 했지만 아마 모두 그때의 생각이 스쳤을 것 같았다. 그때는 미처 몰랐지만, 제주도에서의 여행이 우리 네 가족의 마지막 여행이 되었다.

함께 잃어버린 달

"말하지 않는 슬픔보다
더 가슴 아픈 슬픔은 없다."

– 헨리 워즈워스 롱펠로

✍ 큰아들이 만 19세의 나이를 십여 일 앞둔 대보름에, 생각하고 쉽지 않은 끔찍한 일이 일어났다. 그 전날 하루를 곱씹어보면 큰아들과 함께 백화점에 가서 새로 사서 수선을 맡긴 큰아들 옷을 찾으러 다녀왔다. 큰아들에게 혹시 더 필요한 것이 있는지 물어보았지만 없다고 했다. 그리고 그날 밤은 피곤한지 평소보다 일찍 잠자리에 들었다. 평소와 다름없는 보통의 하루였다. 그것이 마지막 날이었다.

다음 날 오전, 잠시 외출했던 아내가 돌아와 큰아들의 주검을 발견했고, 회사 출근 후 지방 출장을 가던 길에 나는 절대로 듣고 싶지 않은 소식을 전해 들었다. 다리에 힘이 풀려 주저앉을 수밖에 없었다.

집에 도착했을 때는 이미 경찰과 119 구급대원이 와있었다. 그 이후 큰아들을 어떻게 보냈는지 잘 기억이 나지 않는다. 차갑게 식은 얼굴과 이미 굳어버린 몸을 붙잡고 꺼이꺼이 울고 말았던 것, 병원 영안실에서 보았던 큰아들의 마지막 모습, 화장터에서 한 줌의 재가 되어 날아가 버린 큰아들의 전부, 드문드문 짧은 파편들만이 순간순간 스치듯이 남아있다.

갑작스러운 아버님의 부고 때 어머니와 가족들이 상의 끝에 자연에서 온 우리의 생명을 다시 자연으로 보내드리자고 결정했다. 이러한 결정을 하고 나서 몇 해 동안은 아버님의 기일이나, 명절 때 아버님을 기리는 장소가 없어서 아쉽기도 하고 울적하기도 했다. 큰아들도 이 세상에서 못다 한 꿈을 마음껏 펼치기를 바라는 마음에 자연으로 돌려보내는 방식으로 결정했다. 다만, 이번에는 수목장을 통해 큰아들을 만나고 싶을 때 만나러 갈 수 있게 준비했다.

그렇게 큰아들을 황망하게 가슴에 묻은 후, 지금까지도 한 달에 한 번은 아내와 함께 큰아들을 만나러 수목장을 한 추모공원에 간다. 가는 길에 화원에 들러 하얀 국화꽃 한 다발을 산다. 꽃다발 속에는 '사랑합니다'라는 문구가 적힌 팻말이 꽂혀 있다. 그 팻말을 볼 때마다 눈물이 핑 돌고 가슴이 저미어온다.

큰아들에게 가면 꽃다발을 잘 보이게 두고는 이런저런 이야기를 두런두런하다가 서둘러 일어나곤 한다. 머무르는 시간이 채 20분도 되지 않는다. 그곳에 오래 있으면 아내도 나도 큰아들이 사무치게 보고 싶어서 주체할 수가 없기 때문이다. 돌아오는 길에 아내와 나는 말이 없다. 그저 눈부시게 파란 맑은 하늘만 바라볼 뿐이다.

한 번씩 생전 큰아들의 고등학교 졸업식이 생각난다. 아파서 의미가 없을지언정, 큰아들에게는 하나의 희망의 끈이었으리라 짐작된다. 환하게 웃으며 고등학교를 졸업했다고 할머니에게 자랑하던 모습이 눈에 선하다.

나는 무의식적으로 라디오나 텔레비전에서 유사한 가슴 아픈 사연이 나오면 외면하게 된다. 아마 가슴에 묻은 큰아들이 너무 보고 싶어서 스스로 차단하는 것일지도 모른다.

정월 보름날이 되면 다른 사람들은 밤하늘에 걸린 보름달을 보며 소원을 빌며 인생을 축복하곤 한다. 우리 가족도 예전에는 그랬

다. 그러나 큰아들이 정월 대보름에 떠난 이후로 밤하늘에 떠있는 달을 차마 보지 못한다. 눈물이 날 것만 같아서 말이다.

가끔 마음이 힘들어서 생각에 잠기게 되면 꺼내보는 시가 있다. 시바타 도요(Shibata Toyo)라는 시인의 시인데, 92세의 나이에 아들의 권유로 시를 쓰기 시작해서 98세에 본인의 장례비로 모은 돈 100만 엔으로 첫 시집인 『약해지지 마』를 출간하였다. 이 시집은 100만 부 이상의 판매 부수를 기록하였고, 시바타 도요는 최고령의 나이로 데뷔한 시인이 되었다.

약해지지 마

있잖아, 불행하다
한숨짓지 마.

햇살과 산들바람은
한쪽 편만 들지 않아.

꿈은
평등하게 꿀 수 있는 거야.

나는 괴로운 일
많았지만,
살아있어 좋았어.

너도 약해지지 마.

- 시바타 토요

떠나보내고 남겨진 것들

"당신의 삶은
기회가 아닌 변화에서 더 나아질 수 있다."

– 짐 론

✐ NLP에서 "생각이 바뀌면 운명이 바뀐다."라는 말이 있다. 나는 큰아들과의 이별 후 많은 변화를 겪었다. 그리고 나 스스로 의식적으로 생각을 바꾸고자 하는 부분도 존재한다. 예를 들면, 언어를 선별함에 있어서도 스스로에게 힘을 주는 긍정의 표현을 일부러 사용하고자 한다. 그래도 운명을 바꾸기엔 아직 나의 공력이 부족한 것이 아닌가 싶다.

우리가 일상에서 흔히 사용하는 말 중에 "~해서 죽겠다."라는 표현이 있다. 무심코 자주 쓰는 말이지만 '지나치다', '과하다'는 뜻을 내포하고 있다. '좋아 죽겠다', '행복해서 죽겠다', '기뻐 죽겠다'는 긍정적인 표현에 쓰이기도 하지만, '졸려 죽겠다', '피곤해 죽겠다'. '배고파 죽겠다'. '배불러 죽겠다', '바빠 죽겠다', 등 부정적인 표현과 함께 쓰이는 경우가 더 많다. 이러한 말들은 부정적인 표현에 덧붙여져서 함의를 더욱 부정적으로 강조하게 된다.

사람은 무릇 말한 대로 행동하게 되고
행동한 대로 성취하게 된다.

– 스티븐 코비 –

큰아들을 떠나보내고 난 뒤, 유품을 정리하는 것은 또 다른 아픔이었다. 큰아들이 그렇게 좋아했던 야구 글러브와 공, 좋아했던 선수 유니폼 등을 정리하려고 꺼내보니 큰아들과의 추억이 떠올라 우리의 가슴을 먹먹하게 했다.

눈에 보이는 물품뿐만 아니라 이메일 계정, 핸드폰, 그동안 찍었던 하드 속 사진까지 큰아들의 흔적이 고스란히 남아있었다. 문명의 기술 발전으로 사진을 찍자마자 보관하며 눈으로 즐길 수 있는 혜택을 누리고 있지만, 반대로 생각하면 모든 것에 우리의 흔적이 남아 있는 듯하다. 그 모든 것을 정리하고자 했더니 상실감은 이루 말로 표현할 수 없었다.

어느 날 구글 계정에서 즐거운 한때의 일시 및 장소를 선별해 사진 슬라이드를 영상으로 보여주는 방식의 추억을 회상하는 메시지가 온 적이 있다. 무심코 이를 열었더니 우리 가족 넷이 즐겁게 저

녁을 먹으면서 찍었던 사진들이었다. 문명의 신기술이 누군가에게
는 즐거운 추억을 떠올리게 할 수도 있고, 다른 누군가에게는 슬픔
을 불러일으킬 수 있게 하는 것이다. 그날 이후로 나는 추억을 소
환하는 메시지는 되도록 확인하지 않게 되었다.

아직도 하드의 앨범 속에는 미처 정리하지 못한 사진들이, 베란
다 창고의 박스 속에는 미처 처분하지 못한 물건들이 남아있다. 차
마 나는 정리할 엄두가 나지 않아서 그것을 보고도 못 본체하며
조용히 묻어두고 있다. 아내도 마찬가지일 것이다. 언젠가 마음 한
구석이 조금은 단단하게 바뀌면 아내와 함께 정리할 수 있지 않을
까 싶다.

생각이 바뀌면 언어가 바뀌고
언어가 바뀌면 행동이 바뀌고
행동이 바뀌면 습관이 바뀌고
습관이 바뀌면 인격이 바뀌고
인격이 바뀌면 운명이 바뀐다.

- 윌리엄 제임스

이제 비록 셋이지만

"인간의 삶 전체는
단지 한순간에 불과하다.
인생을 즐기자."

– 플루타르코스

✎ 우리 가족은 아이들이 한글을 떼면서부터
온 가족이 모여서 함께 각자의 버킷리스트를 작성하였다. 매해 12
월 31일 저녁에는 한 해를 어떻게 보냈는지, 그리고 다음 해에는
이루고자 하는 것이 무엇인지 버킷리스트를 작성하는 시간을 가졌
다. 각자의 버킷리스트 작성이 끝나면 이를 공유하고 케이크에 촛
불을 붙이며 한 해를 마무리하고 새해의 소망을 빌었다.

큰아들이 아프기 전에도 아픈 이후에도 우리 가족 모두의 버킷
리스트의 첫 번째 목표는 가족의 건강이었다. 아프기 전에는 가족
의 건강을 지키는 것을, 이후에는 가족의 건강을 되찾는 것을 간절
히 바랐다. 큰아들이 우리의 곁을 떠난 그해에 버킷리스트를 작성

하려고 모인 우리는 새삼 큰아들의 빈자리에 숙연해지고 말았다. 이후로 우리는 어디서든 빈자리 하나를 가지게 되었다. 차를 타더라도 자동차 뒷좌석에 빈자리 하나, 식탁에 남은 빈자리 하나, 어디서든 맞닥뜨리게 되는 빈자리 하나에 우리는 쉽게 익숙해지지 않았다.

내가 좋아하는 말 중에서 티베트 속담으로 "걱정을 해서, 걱정이 없어지면, 걱정이 없겠다."가 있다. 나는 이 속담이 정말 좋다. 무슨 걱정이든 고민이든 이 말 한마디에 사라질 수 있기 때문이다. 큰아들과의 이별 후 걱정과 자책만 하며 있을 시간이 없었다. 또 다른 삶이 우리를 기다리고 있기 때문이었다.

아내와 받아들이기 힘든 아픔을 극복하기 위해 많은 이야기를 나눴고, 우리는 몸과 마음을 분주하게 보내는 방법을 서로 모색하기로 했다. 우선 큰아들의 자취가 많은 기존의 집을 정리하고, 셋이서 새로운 보금자리를 마련하고자 이사를 결정했다. 그리고 가능하다면, 집에 머무르는 시간을 줄이는 방향으로 결론을 내렸다. 생각을 정리할 시간을 갖기 위해 셋이서 여행을 다녀오기도 했고, 아내와 아들과의 여행, 아내와 나와의 여행을 다녀오며 마음을 재정비했다.

아내는 몇 해 전에 취득한 직업상담사 자격을 활용하여 인근 행정복지센터에서 구인구직 상담일을 시작했다. 아마도 이 일이 집에서 오롯이 간호에만 매달렸던 아내에게 조금이라도 숨통을 트이게 해줄 수 있을 것 같았다.

나는 개인적 관심에서 시작한 코치 자격을 이용해 좀 더 심도 있게 공부를 할 것을 결정했다. 나아가 공부한 부분을 나중에는 다른 사람들을 위해 봉사하고 싶은 욕심까지 생겨났다. 이렇게 몰두하다 보면 자연스럽게 바빠질 것이고, 또 아픔을 치유하기까지는 어려울지 몰라도 잠시 묻어둘 수 있지 않을까 생각했다.

그리고 돌이켜보면 어린 아들은 얼마나 아팠을까?

아들은 어릴 때는 말도 많고 매사 적극적이었다. 하지만 형이 아프기 시작하면서 다른 사람들로부터 불편한 주목을 받는 것이 부담스럽고, 행동에 제약이 따르는 것도 무척 싫었을 것이다. 그리고 부모의 모든 관심이 형에게 쏠리는 것도 한편으로는 속상했을 것이다. 이후 아들은 말수가 눈에 띌 정도로 줄어들었고, 모든 것에 소극적으로 바뀌었다. 민감한 시기에 아픈 형을 옆에서 지켜보고 결국 형과 이별한 것이 많은 상처가 되었을 것 같다. 아들도 여전히 상처를 극복하는 중이다. 아들의 인생에 있어서 그 인생의 주인공은 아들이기에 아내와 나는 아들 스스로 본인의 인생을 잘 만들어가기를 지켜봐주기로 했다. 우리 부부는 관심과 간섭의 경계선에서 초조하게 기다릴 수밖에 없다.

내가 코칭을 배우지 않았다면 이러한 생각을 미처 하지 못했을 것이 분명하다. 코칭을 배운 후 나에게 변화가 있다면, 첫째는 상대의 입장을 돌이켜보며 내 입장만 주장하지 않는 것이다. 둘째는 배움이나 기쁨, 소소한 것이라도 누군가와 나누려고 한다는 것이다. 셋째는 기다릴 줄 아는 태도를 배웠다. 아들의 경우도 마찬가지다. 아들의 폭풍 성장기의 반항적인 태도에 화를 낼 뻔도 했고, 속에서 올라오는 것들을 수없이 삭이기도 했다. 그러나 아들의 인생에서 정리해야 할 것은 스스로 정리해야 하고, 시작해야 하는 것은 스스로 시작해야 한다. 그래서 아들이 방황을 스스로 정리하고, 스스로 시작할 수 있게 돌아오기를 기다리고 있다. 언젠간 그렇게 할 것이라는 믿음이 존재한다.

아들은 고등학교를 졸업하고 다시 공부하기 위해 가족과는 멀리 떨어져 있는 기숙학원에 들어갔다. 쉽지 않은 도전이라는 생각에 걱정하면, 오히려 아들은 엄마 걱정을 한다. 본인의 빈자리에 엄마가 기분이 처지지 않을까 싶어서 말이다. 엄마 곁에는 아빠가 있으니 걱정은 넣어두라고 우스갯소리를 하기도 했다.

아침에 일어나자마자 하는 나의 습관 중 하나는 아들의 방에 가

보는 것이다. 이 습관은 아주 오래전부터 해오던 것이다. 지금은 아들이 공부하러 떠나고 없지만, 여전히 아침에 일어나면 아들의 방문을 열어본다. 그리고 마음속으로 아들과 대화를 해본다. "아들! 잘 지내고 있지? 오늘도 파이팅!"

대학원 석사 과정 수업 중에 김영기 교수님의 〈조직 코칭〉이라는 과목이 있었다. 아픔을 극복하고 새롭게 출발하려는 나에게 매우 큰 의욕과 전환점을 준 과목이다. 강의 내용 중 "비교는 폭력이다.", "너와 나의 차이가 아니라 상호 다름이다."라는 내용이 유독 마음에 남아있다. 아무래도 아들을 대하는 데에도 이러한 강의 내용이 영향을 끼쳤을 것이다.

아들을 다른 친구들이나 지인의 자녀들과 비교해본 적이 없다. 그러한 비교는 아들뿐 아니라 우리 부부마저도 힘들게 할 것이 분명하기 때문이다. 아들은 다른 친구들과 차이가 발생해서 방황하는 것이 아닌 상호 생각이 다른 것이며, 본인의 속도에 맞춰 본인의 길을 찾아가고 있다고 믿고 있다.

〈조직 코칭〉 수업 때 교수님께서 "감사 일기를 써보라."고 하신 적이 있다. 하루를 마무리 하며 오늘 하루 생활하면서 겪은 소소한 것에도 감사하는 마음을 가지면 나를 돌아볼 수 있을 뿐만 아니라, 마음의 부담이나 조바심에서 해방될 것이라고 하셨다. 이것이 흔히 말하는 '내려놓음'이 아닌가 생각된다. 그리하여 나는 지난 2017년 4월 수업 이후 지금껏 "어제의 감사 일기"를 쓰고 있다. 감사 일기를 통하여 마법처럼 나의 주위에 있는 모든 사소한 것에 감사한 마음이 충만해졌다.

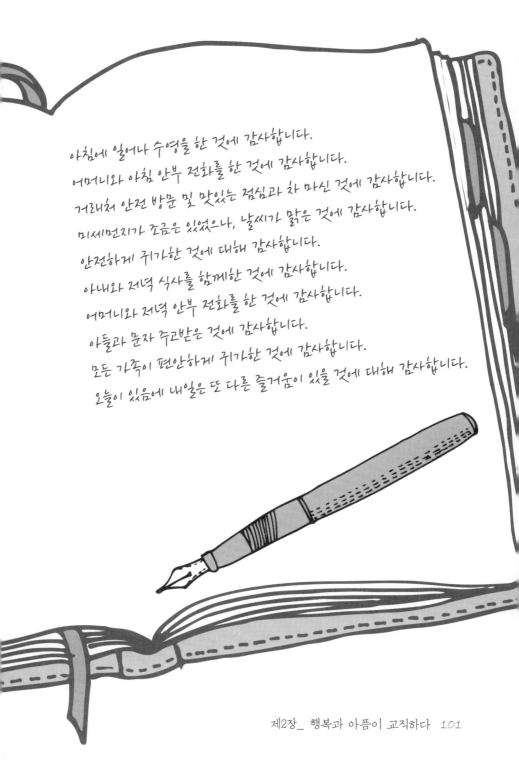

아침에 일어나 수영을 한 것에 감사합니다.

어머니와 아침 안부 전화를 한 것에 감사합니다.

거래처 안전 방문 및 맛있는 점심과 차 마신 것에 감사합니다.

미세먼지가 조금은 있었으나, 날씨가 맑은 것에 감사합니다.

안전하게 귀가한 것에 대해 감사합니다.

아내와 저녁 식사를 함께한 것에 감사합니다.

어머니와 저녁 안부 전화를 한 것에 감사합니다.

아들과 문자 주고받은 것에 감사합니다.

모든 가족이 편안하게 귀가한 것에 감사합니다.

오늘이 있음에 내일은 또 다른 즐거움이 있을 것에 대해 감사합니다.

나는 여러 가지 일을 겪고 나서 "실패는 없다, 다만 피드백(배움)이 있을 뿐이다."라는 NLP의 전제에서 큰 위안을 얻었다. 아마도 나에게 닥치는 여러 가지 시련들은 또 다른 배움을 주는 계기가 될 것임에 분명하다.

빨강머리 앤(루시 모드 몽고메리, Lucy Maud Montgomery, 1874~1942)에 이러한 말이 나온다.

> "설령 다시는 못 보게 되더라도 전 시냇물이 있었다는 걸
> 기억해두고 싶어요.
> 그런 좋은 기억은 제가 앞으로 살아가는 데 큰 힘이 되어주거든요.
> 전 지금 절망의 구렁텅이 속이 아니에요."

부정적이고 불편한 일, 혹은 슬픔을 긍정적이고 발전적인 기억으로 의미 전환(Reframing)을 한다면, 굳이 나를 힘들게 하고 붙잡는 것들이 장애가 아니라, 나에게 도전과 힘을 주는 자극제가 될 수도 있다고 마음을 다잡으며 용기를 내본다.

chapter 03

코칭으로
치유하다

새로운 시작과 인연들

"비록 아무도 과거로 돌아가서 새 출발을 할 순 없지만
누구나 지금 시작해 새로운 엔딩을 만들 수 있다."

– 칼 바드

✎ 살면서 무언가가 나의 호흡이나 맥박과 일치한다는 것을 느껴본 적이 얼마나 될까? 코칭이 나에게 그랬다. 코칭을 접하면서 나는 새로운 경험들을 많이 하게 되었다. 지나온 삶의 대부분이 가족과 직장을 통해 이뤄진 것이었다면, 코칭을 공부하면서 내 삶의 외연이 넓혀지고 내면이 깊어지는 계기가 되었다.

사내 강사를 하면서 종종 동료 직원들이 개인적인 어려움에 대해 상담을 요청할 때가 있었는데, 내가 이러한 분야에 전문가가 아니다 보니 망설여졌다. 게다가 큰아들의 아픔을 옆에서 지켜보면서 내면을 단단하게 해줄 무언가를 찾고 있었는데, 코칭은 마치 맞춤옷을 입은 것처럼 딱 맞아 떨어졌다.

'인코칭'이라는 코칭펌을 찾아가서 주말을 이용해 코칭을 배우고 실습하면서 한국코치협회에서 부여하는 인증코치(KAC) 자격을 취득했다. 이것은 끝이 아니라 시작에 불과했다. 그때는 미처 몰랐지만, 이후에 전문코치(KPC) 인증반이 꾸려졌고, 전문코치(KPC)를 준비하면서 실질적인 코칭의 세계에 발을 들여놓게 된 것이다.

전문코치(KPC) 자격 인증은 몇 번의 고배를 마신 후 취득할 수 있었다. 실패가 오히려 코칭에 대한 열정에 불을 지폈다. 코칭펌의 대표님과 그때 강의를 해주셨던 코치님들과는 아직도 여러 행사에서 뵙게 되는 경우가 있다. 코칭의 첫걸음을 떼게 해주신 감사한 분들이시다. 훗날 들은 여담이지만, 자비를 들여 코칭펌을 직접 찾아와서 배우겠다고 한 사람은 내가 처음이라고 했다. 생각해보면 코칭에 대한 열정의 원동력은 큰아들이었다.

한국코치협회는 정기적으로 코치들과 다양한 정보를 공유해주기 위해 메일링 서비스를 하고 있었다. 나도 이전부터 메일을 받았지만, 전문코치(KPC)가 되고 나서는 좀 더 관심을 가지며 메일을 유심히 살펴보게 되었다. 큰아들을 떠나보내고 아내와 함께 각자 몰두할 것을 찾기로 상의한 후, 운명적인 메일을 하나 받았다. 남서울대학교 대학원 코칭학과에서 석사 과정생을 모집한다는 메일을 선배 코치인 황현호 코치님이 보내신 거였다. 고민 끝에 황 코치님과 통화를 했다. 대학원 석사 과정은 코칭에 대한 전문적인 지식뿐만 아니라 코칭학을 배울 수 있는 좋은 과정이며, 코칭학과 학과장님인 도미향 교수님과 통화를 한번 해보는 것이 어떠냐고 제안을 받았다.

도미향 교수님과의 통화에서 교수님이 하신 말씀이 아직도 귓가를 맴돈다. "학과에 대한 소개를 일반적인 대화로 나눌까요? 아니면 코칭적으로 대화를 나눌까요?"였다. 도미향 교수님과의 통화 후 나는 쉽게 마음의 결정을 내릴 수 있었다. 마치 운명처럼 남서울대학교 대학원 코칭학과에 진학했다.

대학을 졸업하고도 오랜 시간이 흘렀지만, 대학원 첫 수업 전날, 긴장되고 설레기는 마찬가지였다. 토요일 내내 진행되는 강의는 체력적으로도 심리적으로도 쉬운 일이 아니었지만, 새로운 사람들과 새로운 인연을 만드는 것은 즐거운 일이었다.

나를 포함하여 석사 동기생들은 총 16명이었는데 공부를 할 때도, 점심을 먹을 때도, 휴식 시간에도 함께 시간을 보내며 관계를 돈독히 맺었다. 집에서 학교까지의 물리적 거리도 상당하여 부담스럽기도 했지만, 동기생들과 함께 공부하는 것에 재미를 붙이다 보니 토요일이 기다려지기도 했다.

나는 전문코치(KPC)의 자격을 취득했지만, 고분자공학을 전공한 이공 계열생이라 코칭학과 같은 인문 계열로의 학문적 사고의 전환이 쉽지 않았다. 게다가 과제량도 만만치 않았다. 그러나 이 또한, 동기생들과 팀을 나눠서 분담하다 보니 또 하나의 기쁨으로 다가왔다.

처음에는 직접 운전을 해서 학교에 갔지만, 점차 대학원 생활에 적응하면서 KTX와 전철을 타고 통학을 했다. KTX와 전철을 타고 가는 도중 동기생들을 만나 이런저런 일상과 코칭에 대한 이야기를 나누기도 했다. 새로운 시작에서 소중한 인연으로 이어져 소소한 행복이 쌓여갔다. 소소한 행복이 쌓이면서 코칭에 대한 몰입과 열정도 더해졌다.

첫 학기를 무사히 마무리하고 부산으로 워크숍 겸 동기 모임을 가졌다. 서울, 안산, 천안, 군산 등 각자 다른 지역에서 출발하여 부산이라는 낯선 곳에 모여 서로 단합을 다지며, 공부 이야기로 밤을 지새웠다. 동기생들과의 돈독한 친목이 코칭 공부와 대학원 생활에 더욱 집중할 수 있는 에너지를 주었다.

함께하기보다는 다 함께, 나아가 더불어 다 함께

"서로 떨어져 있으면 한 방울에 불과하다.
함께 모이면 우리는 바다가 된다."

– 류노스케 사토로

✎ 세상 모든 일 중에 혼자서 할 수 있는 것은 거의 없다. 같이 하는 것이 힘이 적게 들고 능률도 오른다. 빨리 가려면 혼자서 가고, 함께 가야 멀리 오래 갈 수 있다는 아프리카 속담도 있다. 코칭도 마찬가지다. 셀프코칭과 NLP에서 말하는 내적 대화가 있기도 하지만, 코칭은 고객과 함께 가는 길이다.

석사 과정생들 중 내가 나이가 많고 코칭을 미리 접해봤기에 매사 적극적으로 또, 열심히 임해야겠다는 생각이 들었다. 동기 중에는 나와 같이 코칭을 경험했고 한국코치협회 전문코치(KPC) 자격을 가진 코치가 한 명 더 있었다. 그와 함께 의기투합하여 석사 동기생 전부가 한국코치협회 인증코치(KAC) 자격 인증을 취득하는 것을 목표로 프로젝트를 진행하였다.

일주일에 이틀씩 두 팀으로 구성해서 그룹 콜로 상호 코칭을 하고, 동기 코치와 내가 멘토 코칭을 하면서 시너지를 냈다. 쉼 없이 적극적으로 목표를 향해 내달린 결과로 사정이 생겨 아쉽게 참여하지 못한 한 사람을 제외하고는 모든 석사 동기생들이 한국코치협회 인증코치(KAC) 자격을 취득하였다.

모두가 감격에 얼싸안으며 기뻐하던 모습을 잊을 수 없다. 그때의 뭉클한 감동이 떠오르면 공부하면서 힘들었던 것들이 눈 녹듯 녹아내리고 만다. 코칭을 배우면서 내가 배운 것들을 토대로 누군가에게 도움을 주고 베풀고자 했던 것이 이런 것이 아닐까 싶다.

석사 과정을 시작할 때만 해도 동기생의 대부분이 코칭을 접해보지 않았을 뿐만 아니라, 자세히 알지도 못하는 상태였다. 점차 수업을 통해 코칭에 입문하게 되면서 조금씩 코치로서 성장해가는 스스로의 모습을 발견하게 되었다.

석사 2학기가 끝난 겨울에 동기 워크숍 및 단합 대회로 일본 오키나와를 다 함께 다녀왔다. 여행지에서 각자가 원하는 코치로서의 본인의 모습과 공부에 대한 소회 및 앞으로의 다짐 등의 이야기를 나누었다. 훗날 함께 전문코치로서의 모습을 그리며 각오를 다지는 시간을 가지기도 했다. 코칭을 함께 배우는 이들이 있어서 참으로 든든한 순간이었다.

배움의 길에 끝이 없듯이 코칭을 향한 나의 도전도 그러했다. 박사 과정 중 동료 및 선배와 함께 국제코칭연맹(ICF)에서 부여하는 국제자격인 ACC 인증을 위한 도전을 시작했다. 관련 지원 절차를 확인하고, 국문과 영문본의 관련 서류를 준비하면서 때로는 긴장감과 좌절을, 때로는 희열을 느꼈다. 이제까지 취득한 자격 과정보다 더욱 복잡하고 난이도가 높은 과정이었기에 욕심을 버리고 그저 성실히 준비하였다. 모두 합격이라는 결과를 받았을 때, 기쁨을 함께 나눌 수 있는 이들이 곁에 있어 더 큰 기쁨으로 다가왔다.

코칭을 배우고 나서 든 생각이지만, 함께하는 것보다 다 함께하는 것이 더 좋다. 다 함께 에서 더 나아가 더불어 다 함께하는 것이 더욱더 좋다. NLP에서 배운 말 중에 '우분투(Ubuntu)'라는 말이 있다. 이는 '더불어 다 함께'라는 뜻이다. 내가 자주 강조하는 말이며, 실천하고자 노력하는 말 중 하나이다.

코칭을 함께 공부하는 동료들이 있고, 또 코칭의 도움이 필요한 주변인들이 있어서 내가 그들에게 조금이나마 도움이 된다면, 더불어 다 함께 가는 이 길이 힘들거나 어렵지 않을 것이다. 내가 큰아들을 가슴에 묻으며 코칭 공부를 시작한 목적 중 하나일 것이다.

작지만 가진 것을 나누는 행복

"오늘 내가 나무 그늘에 앉아 쉴 수 있는 것은,
다른 누군가가 오래전에 나무를 심었기 때문입니다."

– 워렌 버핏

✎『마틴 셀리그만(Martin Seligman)의 긍정심리
학』을 읽다가 보면 '국민행복지수(GNH, Gross National Happiness)'라
는 단어가 나온다. 국민행복지수(GNH)란 경제 성장만을 평가하는
국내총생산(GDP) 대신 국민이 느끼는 삶의 행복 정도를 수치로 측
정한 지수이다.

1972년 부탄 제4대 국왕인 지그메 싱기에 왕추크(Jigme Singye
Wangchuck)가 처음으로 제안한 국민행복지수는 평등하고 지속적
인 사회 경제 발전, 올바른 통치 구조, 전통 가치의 보존 및 발전,
자연환경의 보존이라는 4가지 측면을 심리적 안정, 건강, 시간 사
용, 문화 다양성, 교육, 공동체 활력, 등과 같은 9개 영역의 33개
지표를 통해 측정한다. 2008년부터 부탄에서는 국민행복지수를
공식적으로 전 국민을 대상으로 조사하여 발표하고 있다.

한 나라의 경쟁력이나 생활 수준을 논할 때, 종종 국내총생산(GDP)의 개념을 많이 사용한다. 우리의 수입만 봐도 십수 년 전과 비교하면 엄청난 증가세를 나타내지만, 우리의 삶이 그만큼 풍요로운지를 따져보면 딱히 그렇다고만 할 수는 없다. 현재 우리나라의 GDP는 세계 10위이지만, 1인당 GDP는 세계 26위이다. 물론, 경제적인 풍요로움이 삶의 만족과 이어지지 않으며, 세계 랭킹을 표시하는 수치도 표준을 파악하기 위해 매겨지는 하나의 기준일 뿐이다. 인간 개개인이 느끼는 행복의 조건도 제각각 다를 뿐 아니라, 아무리 부자라도 행복하지 않을 수 있고, 가진 것이 없는 자라도 삶의 행복이 충만할 수 있다.

몇 해 전, 지인이 '과유불급(過猶不及)'을 언급하면서 가슴에 와닿는 말을 해준 적이 있다. "네가 가진 그릇을 항상 조금은 비워 둬라. 그래야 불현듯 찾아오는 기회를 그 그릇에 담을 수 있을 것이다. 만일 그릇이 꽉 차 있으면, 기회가 찾아온다 해도 넘치기 때문에 네 것이 될 수 없다."고 하였다. 통찰이 느껴지는 이 이야기를 듣고 내가 항상 무언가로 꽉 채우려는 자세를 가지지 않았는지 되돌아보게 되었다.

요즘 유행하는 트렌드 중에 일상생활에서 필요한 최소한의 물건만을 두고 살아가는 삶을 뜻하는 '미니멀 라이프(Minimal Life)'가 세대를 불문하고 많은 이들에게 호응을 얻고 있다. 일상에 꼭 필요한 것들만으로도 만족과 행복을 느끼며 살아가는 방식인 미니멀 라이프는 불필요한 것은 제거하고, 사물의 본질에만 집중하며 단순함의 미학을 쫓는 예술 사조인 미니멀리즘(minimalism)을 근간으로 나타나기 시작한 하나의 풍속도이다.

나를 비롯한 많은 이들이 비어있는 상태를 견디지 못하고 무언가로 완벽하게 꾹꾹 채우기에 급급한 삶을 살아오지 않았을까? 화려하게 치장한 것들을 걷어내고 자기 본연의 모습을 찾아가는 데에서 소소한 행복을 찾을 수 있지 않을까?

지인에게 이 말을 들은 이후, 정말 소중하고 본질적인 것에 집중하기 위해 나를 조금씩 비우기로, 그리고 내가 가진 것을 나누기로 마음먹었다. 내가 가진 것을 주변 사람들과 나누고자 하는 마음도 이러한 비움에서 비롯된 것이라 할 수 있다.

또한, 나의 행복의 크기와 상대의 행복의 크기는 비교할 수 없다. 비교와 경쟁은 나와 타인 간에 제로섬 게임과 같다. 양쪽의 합이 0(zero)이 되는 제로섬 게임은 승자가 하나를 얻으면 패자는 필연적으로 하나를 잃을 수밖에 없다. 〈조직 코칭〉 시간에 배운 '비교는 폭력'이라는 말을 가슴에 새기며 내가 가진 것에서 기쁨을 발견하고 작은 것이라도 누군가와 나누는 소소한 행복을 즐기고 싶다.

코칭 노트 1. NLP란 무엇인가

"정신은 모든 보이는 것을 움직이는
보이지 않는 힘이다."

– 마야 안젤로

       🖊 NLP를 단어 그대로 해석을 하면 신경 (Neuro)언어(Linguistic)프로그래밍(Programming)이다. 여기서 말하는 신경은 실제로는 사람의 두뇌를 일컫는다. 좀 더 상세하게 설명하면, NLP란 두뇌를 통해 이루어지는 여러 가지 활동에 따라 언어와의 상관관계에서 일어나는 일련의 작용 또는 행위를 다루는 학문이라고 볼 수 있다. 인간의 마음과 행동이 어떠한 두뇌 작동 활동에 따라 이렇게 혹은 저렇게 작용하는지의 원리를 설명하고, 이를 이용하여 어떻게 하면 마음과 행동을 효과적으로 변화시킬 수 있는지를 다룬다.

신경 (Neuro)	시각, 청각, 촉각, 후각, 미각(오감) * 신경이라는 것은 실제로 두뇌를 가리키는 말이다.
언어 (Linguistic)	인간은 신경 전달을 통하여 얻은 정보를 코드화하고, 의미를 부여하여 언어로 저장한다.
프로그래밍 (Programming)	정보를 저장하는 패턴을 말하는데, 목표와 성과를 달성하기 위하여 저장된 경험을 바탕으로 자유롭게 생각하고 말하며 행동한다.

　인간은 무의식적으로 입력된 여러 가지 정보 중에서 본인의 성장과 발전을 위해 합리적인 정보들은 더욱 강력하게 구조화하고, 그에 비해 다소 비합리적이고 부정적인 정보들, 예를 들면, 트라우마, 부정적 징크스 등은 여러 기법을 통해서 재구조화하여 본인의 사고와 행동의 변화를 이끌 수 있다.

　NLP의 탄생은 미국의 역사와 관련이 깊다. 1960년부터 1975년까지 베트남 전쟁이 있었고, 1965년경에 미국이 참전하였다. 그 후 1973년경 미군이 철수하기 전까지 많은 병사들이 베트남의 정글과 열악한 환경에서 사선을 넘나들면서 전쟁을 치렀다.

　본격적으로 미국 병사들이 본국으로 귀환을 시작하면서 돌아온 병사 중 상당수가 심각한 전쟁 트라우마를 겪기 시작했다. 미국 정부는 이들을 효율적으로 치료할 많은 심리 상담가와 효과적인 치료 기법이 필요했다.

이러한 시기와 맞물려서 미국의 1970년대 전반에는 시간 대비 효과적인 다양하고 새로운 치료법이 개발되어 황금기를 맞이하였다. 그중 일반인들에게 치료 효과가 뛰어나 많은 인기를 끌던 치료사들이 있었는데, 형태 요법(Gestalt Therapy)을 개발하여 치료에 접목한 프레데릭 펄즈(Frederick Perls)와 가족 요법(Family Therapy)을 개발하여 적용 중이던 버어지니아 새티어(Virginia Satir)가 있었다. 이들의 대화 패턴에서 공통된 기법이 있었는데, 이를 바탕으로 리차드 밴들러(Richard Bandler)와 존 그린더(John Grinder)가 공동으로 연구·개발한 저서가 『마법의 구조(The Structure of Magic)』라는 책으로 NLP의 시초가 된다.

여기에 그레고리 베잇슨(Gregory Bateson)의 도움을 받아 당시 트랜스 상태를 적절하게 적용하여 환자를 치료하고 있던 정신과 의사인 밀턴 에릭슨(Milton Erickson)의 치료 패턴(Ericksonion)인 최면 패턴을 함께 연구하고 추가하여 마침내 NLP를 완성하게 되었다. 그 후 로버트 딜츠(Robert Dilts)의 신경학적 차원(Neurological level) 등으로 계승 발전하여 오늘날의 NLP의 학문적 토대를 갖추게 되었다.

NLP의 창시자 중 한 사람인 존 그린더(John Grinder)는 NLP를 제대로 활용할 뿐만 아니라, 나아가 더욱 바람직한 행동을 할 수 있게 하는 NLP의 4요소를 강조했다. 내면 상태 확립(State Management), 관찰 식별(Calibration), 관계성(Rapport), 유연성(Flexibility)이 바로 그것이다. 이는 NLP를 실천하기 위한 기본적인 4자세로 볼 수 있다.

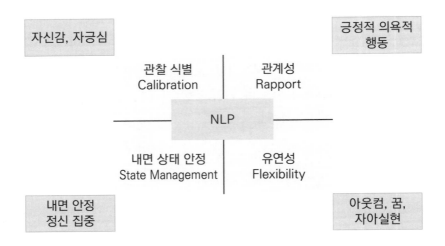

첫째, 내면 상태 확립(State Management)이란 자신의 내면을 안정되고 편안한 상태로 유지하는 것을 말한다. 내면 상태를 안정화하는 방법으로 명상이나 묵상을 들 수 있다. 이를 통해 자신의 에너지의 방향을 긍정적이고 발전적으로 향하게 할 수 있고, 자신의 자원을 꽉 찬 상태로 만들 수 있는 집중의 힘이 생긴다.

『화엄경(華嚴經)』의 중심 사상인 '일체유심조(一切唯心造)'는 '일체의 모든 것은 마음먹기에 달려 있다.'는 뜻이다. 신라의 고승 원효(元曉) 대사의 해골물 일화가 이를 잘 설명해준다. 우리가 내면 상태를 안정되게 유지해야 하는 이유도 바로 이 때문이다.

　코칭을 하려면 무엇보다 내 마음이 안정되어야 편견 없이 올바른 관점으로 상대의 이야기를 들을 수 있다. NLP적인 방법으로는 몰두(Associate)와 관망(Dissociate), 자극 심기(Anchoring) 기법 등이 여기에 속할 수 있다.

　둘째, 관찰 식별(Calibration)이란 상대방이 어떤 심리 상태에 있는지를 행동이나, 목소리, 표정 등을 통해 관찰하여 정보의 내용을 분별하여 알아보는 것을 말한다. 인간은 과거의 기억이나 미래에 대한 구상 등 본인의 내면 상태를 말이나 목소리, 표정, 행동 등을 통해 외부로 표출하여 상대에게 이를 전달한다.

　NLP에서는 상대의 미세한 변화를 얼마나 빠르게 식별하여 대응하느냐가 중요하다. 상대에 대한 세심한 관찰 식별을 위해서는 시선의 방향에 따라 의미를 찾는 시선 식별단서(Eye accessing cues), 얼굴 및 그와 관련하여 일어나는 변화를 통해 상대의 내적 경험과 상태를 파악하는 안면 징후(BMIR, Behavioral Manifestation of Internal Representation) 등을 통해 이러한 미세한 변화를 감지할 수 있다.

셋째, 관계성(Rapport)이란 인간과 마주하고 있는 모든 대상물 사이에서 일어나는 상호 역동적인 관계를 의미한다. 무기물을 포함하여 나와 상대하는 모든 물체, 즉 대상과의 관계에 대한 것으로 모든 대상물에는 내가 어떻게 하느냐에 따라 달라질 수 있으며, 나름의 의미를 부여할 수 있다. 그러한 상대에 대해 내가 부여한 의미를 바탕으로 긍정적인 관계를 형성할 수 있도록 커뮤니케이션해야 하는 것이 중요하다.

예를 들어 관계성(Rapport)에는 호감, 친밀감, 신뢰감 등의 긍정적인 의미만 있다고 생각할 수도 있으나, 반대로 증오감, 불쾌감, 적대감 등의 부정적인 의미도 존재한다. 하지만 관계에 대해 굳이 부정적인 의미를 부각시켜서 이를 강조할 필요는 없다.

NLP에서는 이러한 관계성을 효과적으로 형성하기 위해 상대와 마음의 공감, 의식의 일치를 강조하는 호흡 맞추기(Pacing), 상대의 행동에 일정한 리듬을 부여하여 모방하는 행동 맞추기(Mirroring), 그리고 상대와의 공감 형성을 위한 말 맞추기(Backtracking) 등의 방법을 제시한다.

　마지막으로 NLP의 4요소 중에는 유연성(Flexibility)이 있다. 유연성(Flexibility)은 순간순간 변화하는 환경에 대응할 수 있게 하며, 상대의 작은 심리 변화에도 민감성을 발휘해 잘 대응하게 해주며 목표를 향해 순조롭게 나아가게 해주는 힘이 있다.

　NLP에서는 특히 유연성(Flexibility)을 강조하여 난관과 어려움을 헤쳐 나갈 수 있게 해주는 전제나 기법이 많이 존재한다. 뒤에 나올 "인간의 모든 행동에는 반드시 긍정적인 의도가 있다."와 "실패는 없다. 단지 피드백이 있을 뿐!" 등은 사고의 유연성을 강조하는 전제들이다. 기대하거나 원하지 않은 상대의 반응이나 나의 목표에 대한 실패도 그것에 대한 사고의 전환이나 확대를 통해 새로운 얻음을 얻을 수 있어서 최종적으로는 내가 원하는 결과를 도출하는 것이다. 유연한 생각을 이끌어내기 위해서는 '의미 전환(Reframing)', '기성 체험(As if)', '적량화(Chunking)' 등의 기법들이 존재한다.

이어서 NLP의 전제와 기법을 좀 더 상세히 다루어 보도록 하겠다.

나의 행동 패턴과 NLP의 4요소를 비교하여 정리해보세요.

코칭 노트 2. 일상 속에 적용되는 NLP 전제

> "자신의 생각을 바꾸지 못하는 사람은
> 결코, 현실을 바꿀 수 없다."
>
> – 안와르 사다트

    ✍ NLP의 전제는 우리가 있는 그대로 받아들여야 하고 수용해야 할 신념이나 가치관처럼 NLP를 공부하는 데 있어서 조건 없이 따라야 할 가르침이다. 전제라는 말이 가지고 있는 본래의 의미인 어떠한 현상을 이루기 전에 먼저 내세워지는 것처럼 이를 당연하게 받아들이고 따르는 행동을 할 때, 우리가 원하는 결과를 도출할 수 있다.

    나는 항상 어떤 일이 생기거나 상황에 부딪히게 되면, NLP의 전제를 머릿속에 떠올려보곤 한다. 전제를 적용하면 일이나 상황을 좀 더 슬기롭게 해결할 수 있는 열쇠가 주어진다. 나 스스로 당당해지고 긍정적인 기운을 가지게 되며, 새로운 도전에 대한 열정이 불타오르게 되는 것이다. NLP의 여러 전제 중에서 특별히 마음에 좀 더 새기며 좋은 방향으로 이끌어주며 울림을 주는 전제가 존재한다. 이러한 전제들을 아래에 정리해보았다.

지도(地圖)는 현지(現地)가 아니다.
The map is not the territory.

이 전제는 NLP의 여러 전제 중에서 가장 근간이 되는 전제라고 볼 수 있는데 이 전제를 다시 말하면, "우리가 가지고 있는 지도는 현실 그 자체가 아니다."라는 뜻이다.

우리는 현실을 그리거나 축소한 지도를 실제의 현실이라고 믿고 있다고 볼 수 있다. 지도는 현실을 지각하기 위해 사용되는 하나의 방편일 뿐이지 실제 현지의 모습과 일치한다고 할 수는 없다.

게다가 우리가 지도를 보는 하나의 행위는 우리가 가지고 있는 오감과 우리의 생각이나 행동 등으로 이루어진 개인 고유의 지각 필터를 통해 이를 인지하는 것이다. 우리는 현실 그 자체가 아닌 자신이 그 실재를 바탕으로 머릿속에 그린 지도에 반응한다. 즉 지도는 인간이 행동하고 소통하기 위해 만들어놓은 가상의 공간인 것이다.

우리가 가지고 있는 가상의 지도에 대한 선입견이나 우리의 주관적인 지각에 따른 반응이 실제 있는 그대로의 객관적 현실 세계로

굳게 믿고 있다. 그러나 여기서 주목할 점은 이미 실재의 현실은 바꿀 수 없지만, 우리가 가지고 있는 개개인의 주관적인 가상의 지도는 우리 스스로 바꿔서 그릴 수 있다. 다시 말하면, 우리의 현실은 우리가 생각하기 나름일 수도 있는 것이다.

"현실은 바꿀 수 없지만, 현실을 지각하는 지도는 바꿀 수 있다."

다른 사람의 세계지도(세계관)를 존중하라.
Respect for the other person's model of the world.

앞의 전제에서 우리는 같은 현상을 두고도 각각 자신의 오감과 지각 체계에 따라 자신만의 가상의 지도를 통해 이를 보고 있음을 알게 되었다. 그래서 서로의 생각이 다를 수밖에 없음은 자명한 이치이다.

예를 들어 동일한 상황을 두고 "왜 다른 사람은 나와 똑같은 생각을 하지 않을까?" 또는 "내 말이 맞는데, 다른 사람은 왜 틀리다 하는 거야?"라는 물음은 잘못된 것이다. 상대방이 나와 다른 지도를 가졌음을 인정하게 되면서 나의 독단과 아집의 굴레에서 벗어날 수 있게 된다.

모든 사람은 각각의 방법으로 이 세상을 살아가는 세계관(世界觀)이 있다. 내가 가지고 있는 지도가 중요하듯, 상대방이 가지고 있는 지도도 존중받아야 마땅하다. 그럼에도 불구하고, 우리는 종종 상대방을 인정하지 않고 나와 같아야 함을 강요하곤 한다. 이에 대한 해답으로 게슈탈트 기도문(Gestalt Player)을 제시하고 싶다.

게슈탈트 기도문

나는 나, 나의 일을 하고,
당신은 당신, 당신의 일을 합니다.

내가 이 세상을 살아가는 것은
당신의 기대에 맞추기 위한 것도 아니고,

당신이 이 세상을 살아가는 것도
나의 기대에 맞추기 위한 것도 아닙니다.

나는 나, 당신은 당신.

어쩌다 우리가 서로를 알게 된다면 참 멋진 일이고,
만약에 그렇지 않다 해도, 어쩔 수 없는 일일 겁니다.

— 프레드릭 펄스(Fredrick Perls)

이 세상은 모두 거대한 시스템으로 이루어져 있다.
World is one system.

우주 만물은 커다란 하나의 시스템으로 이루어져 있다. 우주에 포함된 태양계도, 태양계의 일부인 지구도, 지구의 일부인 대한민국도, 대한민국 국민의 일원인 나 자신도 우주라는 커다란 시스템을 이루는 하나의 구성원이 되는 것이다.

인간을 하나의 시스템으로 본다면, 몸과 마음, 몸을 구성하는 모든 장기와 기관이 인간이라는 하나의 체계에 속하는 일부분이다. 이러한 부분들은 유기적으로 연결되어 있어서 전체, 즉 하나의 커다란 체계를 이루는 것이다.

한 개인이 단독으로 존재하는 것 같지만 절대 그렇지 않다. 개인과 개인도 우주라는 커다란 체계의 한 부분으로 서로 연결되어 있기에 따로 분리하여 생각할 수 없고, 서로가 서로에게 영향을 주고받는다.

고(故) 적명 스님께서는 생전에 '자타불이(自他不二)'를 스스로 행하려고 애쓰신 분이다. 자타불이(自他不二)는 "당신과 나, 만물과 내가 둘이 아니다."라는 뜻이다. 남과 나를 구별하지 않는 자타불이(自他不二)의 정신은 '마음과 물질을 포함한 전 우주가 그대로 자기 자신'이라는 의미이다. 이러한 정신은 우주 만물이 커다란 하나의 체계라는 NLP 전제와 맞닿아 있다. 오늘을 살아가고 있는 나 자신도 나와 다른 상대와 유기적으로 연결되어 있음을 인지하고 같은 공간에서 함께 어울려 호흡하며, 선한 영향력을 주고받고자 노력한다.

커뮤니케이션이란 상대방의 의욕을 이끌어내는 것이다.
Communication is motivating others.

커뮤니케이션(communication)의 어원을 살펴보면, '공통되는(common)', 또는 '공유한다(share)'라는 뜻의 라틴어인 'communis'에서 유래한다. 커뮤니케이션은 결코 혼자 하는 것이 아니며, 누군가와 나누는 행위이다. 물론 명상이나 자기 대화(Self-talk) 등은 존재하지만, 대화 또는 소통에는 반드시 상대가 있기 마련이다. 엄밀하게 말하면, 자기 대화에서도 타인이 없을 뿐이지, 자기 자신이라는 대화 상대가 존재한다.

그렇다면 소통의 목적은 무엇일까? 상대와의 대화를 통해 상대를 이해시키고, 상호 교감하여 상대를 행동하게 만드는 것이다. 상대를 행동하게 하기 위해서는 상대가 하고자 하는 의욕이나 욕구를 이끌어낼 수 있어야 한다.

하지만 모든 대화와 소통이 그러한 것은 아니다. 어떤 상대와 소통을 하면 할수록 의욕이 점차 저하되는 것을 느끼는 경우도 많다. 예를 들면, 어떤 이는 대화할 때 말의 속도가 너무 빠르거나 자기만의 언어 또는 접하기 힘든 전문 용어를 남발하는 사람도 있다. 또한, 직장에서 상사가 부하 직원에게 일방적으로 나무라거나 훈계하듯이 대화를 이어간다. 이러한 경우는 대화를 통해서 상대의 말을 알아듣기 힘들게 하거나 상대의 의욕이 급격히 줄어들게 할 뿐 아니라, 대화를 차단하고 싶은 마음을 갖게 한다.

대화와 소통에서 중요한 것은 내가 하고자 하는 말에 앞서 상대의 이야기를 들어주는 것이다. 그리고 덧붙여 상대에게 긍정적인 행동을 이끌어낼 수 있는 동기를 부여하는 것이며, 상대로 하여금 자존감을 갖게 하여 무엇이든 참여하고자 하는 용기를 북돋아 주는 것이어야 한다.

당신이 하는 커뮤니케이션의 의미는 상대방의 반응으로 알 수 있다.
The meaning of your communication is the response that you get.

우리는 앞의 전제를 통해서 소통은 일방적으로 이루어지는 것이 아니라 대상이 있는 것이며, 대상으로 하여금 긍정적인 동기부여를 하는 것이라고 살펴보았다. 이번 전제는, 상대방과 대화할 때 우리의 대화가 상대방에게 의욕을 이끌어내는 것인지는 상대방이 보이는 상태와 반응으로 파악할 수 있다는 것이다.

우리는 대화할 때 흔히 상대방의 입장은 고려하지 않고, 내가 하고 싶은 이야기를 일방적으로 전달하는 경우가 많다. 그것도 내가 주로 사용하는 단어를 사용해서 말하기 쉽다. 이는 상대방을 고려하지 않은 일방적인 의사 전달로 지시나 통보에 가까운 것이며, 서로 대화를 한 것이라고 말하기는 힘들다. 말은 화자(話者)인 내가 하는 것이지만, 청자(聽者)인 상대의 반응을 통해 비로소 완성되는 것이라 해도 과언이 아니다. 상대의 반응을 항상 살펴서 나의 대화가 적절한지 유심히 살펴야 할 것이다.

동의보감 잡병편(雜病篇) 제1권의 용약(用藥)에 나온 글 중 '통즉불통, 불통즉통(通則不痛, 不通則痛)'이 있다. 이는 혈관의 흐름이 원활하지 못해서 오는 증상을 설명할 때 나오는 표현으로, '막힌 것을 통하게 해주면 아픈 것이 없어지며, 막혀서 통하지 아니하면 통증이 생긴다.'는 의미이다. 물론 이 글은 환자의 병증에 대한 치료를 표현하는 것이지만, 커뮤니케이션에서 적용해도 무리가 없다. 통하면 아프지 않고, 통하지 않으면 아프다. 막힘없이 잘 통해야 병이 생기지 않듯이 대화에서도 서로 소통하는 것이 중요하다.

대화를 통해 상대의 반응을 확인하기 위해서는 앞에서도 설명한 바 있는 상대의 선호표상체계(Preferred Representation system)가 무엇인지, 시선 식별단서(Eye Accessing Cues), 또는 안면 징후(BMIR, Behavioral Manifestation of Internal Representation)를 통해 어떤 반응을 나타내는지 등을 유심히 관찰하여야 한다. 상대와 이야기를 하는 도중에서 나의 에고(Ego)가 올라오는 것을 줄이는 것이 상대의 반응을 살피는 데 유용하다.

인간의 모든 행동에는 반드시 긍정적인 의도가 있다.
All behaviors have positive intentions in some context.

이 전제는 개인적으로 나를 더 긍정적이고 수용적으로 만들어
주는 전제 중 하나인데, 전제의 배경이 마치 동양의 '성선설'에 뿌리
를 둔 것이 아닌가 싶기도 하다.

우리가 행하는 어떠한 행동에는 목적성이 존재하는데, 그 목적
이 긍정적일 수도 있고 부정적일 수도 있다. 하지만 행동을 하는
'주체'의 입장에서 살펴보면, 어떠한 긍정의 목적을 가지고 행해지
는 것임이 분명하다.

그렇다고 우리가 하는 모든 행동이 긍정적인 효과를 가져오는 것
은 아니며, 다른 사람의 상황과 시각에 따라 옳고 그름으로 판단
될 수도 있다. 예를 들면 운전 중에 누군가가 방향지시등을 켜지
않고 끼어드는 행동을 하거나, 길을 가다 누군가와 어깨를 부딪쳤
는데, 사과 없이 훅 지나가 버리는 경우가 있다. 이러한 행동을 당
한 당사자는 불쾌한 기분을 느끼며 행위자의 잘못된 행동으로 판
단할 수 있다. 그러나 상대의 행위 때문에 내 기분이 부정적이거나
나빠질 필요는 없다. '정신없이 바쁘게 어딘가를 가야 해서 급하게
끼어들기를 하는구나.', 혹은 '휴대전화로 통화 중이어서 사과를 하
지 않고 가버린 거구나.'라는 식으로 타인의 의도를 긍정으로 해석

하면 상대의 행동에 내 기분이 부정적이거나 나빠지지 않게 된다.

하지만 모든 상대의 행동을 이 전제에 따라 긍정의 의도로 해석하기 힘들 수도 있다. 특히 극악한 범죄의 경우가 그러하다. 그러나 이러한 경우를 제외하고 내 주변에서 일어나는 소소한 상황에서 상대의 행동을 긍정적인 의도로 받아들이려고 노력한다면, 나에게 긍정적인 기운을 주고 마음의 여유와 안정을 찾을 수 있으며, 자기 수용(自己受容, Self-acceptance)의 자세를 가지게 만들어준다.

사람은 필요한 자원을 모두 가지고 태어났다. 아니면 새로 창조할 수 있다.
People already have the resources they need or can create them.

이 전제는 우리가 이 세상에 태어날 때, 모두가 완벽하게 기능하고 그렇게 할 수 있도록 자원과 자질을 갖고 태어났다는 것이다. 다만, 부모의 양육 상태나 성장하면서 갖게 되는 본인의 사고방식이나 가치관에 따라 주어진 자원이나 자질을 충분히 발휘하지 못할 수 있다.

우리는 겉으로 드러나는 외형적인 단면을 보거나 단편적인 상황을 두고 다른 사람의 능력을 쉽게 판단하기도 한다. 사회생활을 하다 보면 어떠한 업무에 대해 다소 능력이 떨어지면, 그 사람을 무

시하거나 무능하게 보기도 한다. 하지만 어떠한 일에 다소 부족함
이 있더라도, 그가 목적하는 적절한 일이나 효용의 가치를 충분히
발휘할 수 있는 상황에 놓인다면, 그는 주어진 자원을 백 프로 발
휘하여 완벽하게 처리할 수도 있다. 따라서 어느 한 단면만을 두고
함부로 다른 사람의 자원을 과소평가하는 일은 없어야 할 것이다.

　코칭의 철학에는 "인간에게는 무한한 잠재력이 있으며 또한, 그
해답은 그의 내부에 있다."라는 말이 있다. 이는 인간이 가지는 고
유한 자원의 발견과 개발의 중요성을 강조한 것이다. 앞에서 나온
전제와 접목하면 모든 사람은 이 세상의 거대한 시스템의 일부로
서, 반드시 그 본연의 역할을 훌륭하게 수행할 수 있는 충분한 자
원은 갖고 있다는 것이다.

　실패란 없다. 단지 배움이 있을 뿐이다.
　There is no such thing as failure, only feedback.

이 전제는 누구나 한 번쯤은 들어본 경험이 있을 것이며, 매사 성공과 실패를 가르는 오늘날을 사는 우리에게 적절한 전제 중 하나일 것이다. 어느 분야에서든 정상의 자리에 오른 인물들을 살펴보면, 한 가지 공통점을 가지고 있는데, 처음부터 그들이 하고자 하는 목표에 단숨에 오른 것이 아니며, 많은 시행착오를 거치며 목표한 바를 포기하지 않고 끝까지 밀어붙여 성공을 거두었다. 그들에게서 수많은 시행착오는 실패의 결과물이 아닌 배움 혹은 새로운 얻음의 과정인 것이다.

우리는 쉽게 목표한 바를 이루지 못하면, 실패한 것으로 치부하기 쉽다. 포기해버리고 슬그머니 꽁무니를 빼버리면, 이것은 정말 우리가 잘못하여 일을 그르친 결과가 되고 만다. 그러나 인식을 바꿔서 배움이나 깨달음을 얻은 것이라고 본다면, 다시 새롭게 도전할 동기부여와 의지가 생기고 좀 더 나은 해법을 찾을 수 있을 것이다. 긍정적인 인식의 변화는 우리가 하고자 하는 바를 이룰 수 있게 하는 에너지의 원동력이며, 성공과 실패를 가르는 이분법적인 사고에서 벗어나 타인과 세상에 대한 긍정 정서의 확대로 이어져 더 나은 살기 좋은 사회적 환경을 만들어가는 데도 영향을 줄 수 있다.

성공은 스스로 성공할 수 있다고 생각하는 사람에게만 찾아오며,
실패는 스스로 실패할 수밖에 없다고 생각하는 사람에게만 찾아옵니다.
- 나폴레온 힐 -

사람은 언제나 최선의 선택을 한다.

People always make the best choice available to them at all time.

우리는 항상 어떠한 상황의 경계에 서 있으며, 순간순간 내리는
결정을 통해 오늘날 본인의 인생의 길을 만들어왔다. 과거의 어느
시점을 떠올리며 '내가 그때 이렇게 했더라면…'이라고 후회하는 것
은 지금까지 갈고 닦아온 나의 길을 부정하는 것과 같다. 만약 다
시 그 시점으로 돌아간다고 하더라도 그때 내린 행동과 판단이 최
고의 선택이라는 것이 이 전제의 의미이다.

나의 경우를 예로 들면, 매 순간순간 심사숙고하여 결정을 내리
거나 선택한 것에 대해 존중한다. 아쉬움이 따르기도 하지만 그래
도 여태껏 경계 관리를 잘 해왔다고 스스로 자부한다. 긍정적인 경
계란 가까운 사람을 염두에 두고 생각하고 같은 목표를 지향하고
이를 이루기 위해 행동하는 것이다. 반대로 부정적 경계는 개인만
의 이익을 위해 더불어 행하지 않고 혼자서 가는 것이다.

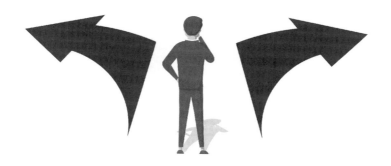

마치 이루어진 것처럼 행동하라.

Act as if.

이 전제는 불가능을 가능으로, 비현실을 현실로 만들어주는데, 효과적인 전제 중 하나이다. "내 사전에 불가능은 없다."라고 나폴레옹이 외친 것처럼, 우리가 바라는 미래의 어떠한 목표(Outcome)에 대하여 마치 이루어진 것처럼 꿈꾼다면, 분명히 이루어진다는 전제이다. '이루어졌다 치고', '되었다고 치고'라는 표현처럼 원하는 바를 이루었다고 간주하고 행동을 하면 충분히 가능하다는 뜻이다. 이를 위해 성실히 노력하는 자세가 뒷받침되어야 하는 것은 물론이다.

NLP에서 강조하는 것 중 자신의 목표(Outcome)나 비전(Vision)에 대하여 구체적으로 시각화하는 작업이 중요하다. 목표의 구체화, 시각화는 나의 목표가 무의식에 스며들어 원하는 바를 이루기 위한 행동을 하게 되는 데 일조한다.

스티븐 코비(Stephen Covey)의 『성공하는 7가지 습관』에서 '끝을 생각하며 시작하라.'는 글귀가 나온다. 이는 우리가 무엇이든지 어떠한 결과나 목표를 염두에 두고 이를 행동에 옮겨야 한다는 뜻이다. 우리가 어떠한 일의 끝을 긍정적이고 희망적으로 생각하고 그 일을 시작한다면, 그것을 이루는 과정에 난관이 있고 도전이 있더라도 헤쳐 나갈 수 있는 힘이 생기게 마련이다. 마치 이루어진 것처럼 당당하고 희망적으로 행동하면 말이다.

마음에 드는 NLP의 전제를 정리해보세요.

코칭 노트 3. 나에게 힘을 주는 NLP 기법

"백 권의 책에 쓰인 말보다
한 가지 성실한 마음이 더 크게 사람을 움직인다."

– 벤자민 프랭클린

✎ NLP는 신경과 언어의 상호작용이 어떻게 우리의 마음과 행동에 영향을 끼치는지 살펴보고, 이를 체계적으로 구조화하는 학문인 동시에 실천 기법이라고 할 수 있다. 우리가 원하는 목표를 이루기 위해 커뮤니케이션을 활용하여 우리의 생각이나 행동을 스스로 변화시킬 수 있게 하는 기법이다. NLP에는 다양한 기법들이 개발되고 있는데, 이 중에 일상에서 도움이 된 기법 위주로 정리하였다.

∴ 자극 심기(Anchoring)

NLP에서 가장 중요한 기법 중 하나인 자극 심기(Anchoring)의 어원은 배의 닻(Anchor)에서 유래된다. 닻은 배가 어느 특정한 장소에 정박하여 멈출 수 있도록 하는 장치를 가리킨다. NLP에서는 이것을 한 인간이 자원감이 풍부한 상태(Resourceful state)에서 의식적이든 무의식적이든 그의 오감(시각, 청각, 촉각, 후각, 미각)에 의해 내부에 앵커(저장)된 특정 정보를 불러내어 현 상황에서 희망하는 상태나 바람직한 상태의 자극체로 사용하는 기법을 말한다.

바다	몸, 인체
선박, 배	정서, 느낌
닻(anchoring)	자극체
일정한 위치(해상)에 정박	일정한 시간 몸에 느끼게 함

일반적인 의미에서 '바다'라는 장소에 '선박이나 배'가 '일정한 위치에 정박'하는 것을 목적으로 '닻'이라는 도구를 사용한다면, NLP적 의미에서는 '몸' 또는 '인체'에 '정서'나 '느낌'을 '일정한 시간 몸에 느끼게 하는' 것을 목적으로 '자극체'라는 도구를 사용하는 것이 앵커링(Anchoring) 기법이다.

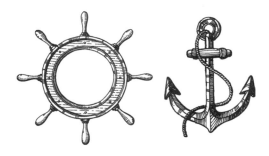

우리는 주위에 있는 어떠한 사물이나 환경에서 무수한 닻(Anchor)에 걸려 있다고 표현할 수 있다. 어릴 때 봤던 영화의 인상적인 장면, 어린아이의 애착 물건, 운동선수들이 보이는 특정한 제스처 등이 앵커링의 한 형태이다. 그리고 징크스라고 하는 것도 일종의 부정적 앵커링이라고 말할 수 있을 것이다.

현재 어떤 일을 하려고 할 때, 극도의 긴장감을 극복하기 위해 과거의 성공 체험(기억)을 상징화해서 몸속에 저장하여 현재의 긴장감을 해소하는 기법인 자극 심기는 의식적으로 이를 체계화하여 활용하면, 스스로 내면의 감정을 제어하는 데 도움을 받을 수 있을 뿐 아니라, 자신감 상승에도 도움이 된다. 나도 코칭이나 강의를 시작하기 전, 또는 회의에 참석하기 전에 나에게 긴장감을 완화하고 자신감을 불어넣기 위해 스스로에 대한 최면처럼 자극 심기 기법을 활용하고 있다.

∴ 기성 체험(As if)

기성 체험(As if)이란 현재 계획하고 있는 목표(Outcome)를 미래의 계획된 시점에서 성공을 체험하여 이루어졌다고 치고, 현재로 돌아와서 그 성공 체험을 자원으로 사용하여 행동하는 것을 말한다.

우리의 의식은 과거, 현재, 미래에 대한 경계가 모호한 편이다. 하지만 과거와 현재는 개인의 지각 필터를 거쳐 사실로 받아들이는 반면, 미래에 대한 상상을 현실로 인식해서 받아들이기는 힘들다. 기성 체험은 미래에 있을 일을 이미 그렇게 이루어졌다고 치고, 생생하고 구체적인 미래의 모습을 시각화하는 과정을 가리킨다. 기성 체험 기법을 통해 목표(Outcome)에 대한 긍정적인 동기부여가 이루어지고, 이것이 지속가능한 현실이 되기 위해 구체적인 계획을 세우고 노력을 기울일 수 있다.

기성 체험의 대표적인 예시로 그리스 신화에 나오는 피그말리온 효과를 들 수 있다. 키프로스의 섬에 사는 조각가 피그말리온은 성적으로 문란한 여인들에게 혐오를 느껴 조각에만 몰두하였는데, 스스로 조각한 가장 이상적인 여인의 조각상과 사랑에 빠지게 되었다. 그 조각상을 강렬히 사랑하게 되고 원하게 되자, 사랑의 여신 아프로디테가 조각상에 생명을 불어넣어 둘은 행복한 삶을 누릴 수 있게 되었다.

우리는 2002년 한일월드컵에서 이미 기성 체험을 경험한 바 있다. 온 국민이 힘을 모아 "꿈은 이루어진다!"라고 외치며 한국의 승리를 간절히 원했다. 결국, 우리 대표선수들은 혼신의 힘을 쏟아 4강까지 진출하는 쾌거를 이룩했다.

나는 매해 연말에 버킷리스트를 작성한다. 내가 작성하는 버킷리스트 항목들에 대해서 나는 기성 체험 기법을 적용하여 목표한 것을 추진할 수 있는 원동력을 얻을 수 있다.

∴ 시간선(Timeline)

시간선(Timeline)이란 미래의 목표(Outcome) 달성을 위해 미래로 가서 이를 선행 체험한 후, 현재의 위치로 다시 돌아온다. 이후 현재에서 과거로 이동하여 내가 가진 성공 체험(기억)을 불러와서 현재 시점으로 되짚어보는 것이다. 이는 미래 성공을 위한 자원으로 과거 성공 체험(기억)을 활용하는 기법이다.

인간의 삶이란, 현재 상태의 지각(인식)과 과거 상황에서의 체험(경험) 그리고 미래에 대한 상상으로 구성된 퍼즐(Puzzle)과 같다. 몸은 내 몸이지만 의식세계는 얼마든지 유연하게 나의 필요에 따라 현재 상태에서 과거의 체험(경험)과 미래 상태를 적절하게 오가며 활용할 수 있다.

이것은 우리는 내 속에 저장된 내적 지도에 의해 반응하고 세상을 살아가기 때문이다. 그래서 내가 내 의지대로 바꾸기 어려운 외적 환경이나 외적 요인이 아닌 나의 내적 지도 즉, 내면 상태를 어떻게 바꾸고 인식하느냐가 매우 중요하다.

우리 인간들에게는 무의식적으로 형성된 독립적인 독특한 시간선이 있다. 시간선 기법은 무의식의 감정 상태를 활용하여 과거의 자원감이 풍부한 상태(Resourceful state)의 강점이나 장점을 찾아내어 현재의 문제점을 해결하고 바람직한 미래를 상상하도록 도와준다.

나는 이 기법을 통해 3년, 5년, 길게는 10년 후의 비전을 단계적으로 설정한다. 그리고 이를 달성하기 위해서 부분적인 시간선 전략을 활용하고, 또 이를 바탕으로 진행 및 달성 정도를 중간 점검

한다.

때때로 사람들이 계획을 거창하게 세우고 출발을 요란스럽게 하기도 한다. 그리고 언제 그랬냐는 듯 작심삼일처럼 끝나버리기도 한다. 그러지 않기 위해서는 진행 정도와 달성률에 따른 중간 점검을 소홀히 해서는 안 된다.

∴ 지각 위상(Perceptual Position)

우리는 시간과 공간으로 구성된 세계에서 살고 있으며, 우리가 가지고 있는 개개인의 생활에 있어 직간접적으로 깊숙이 관계하고 있는 대상들(사물 포함) 중에서 가장 중요한 대상이 사람이라고 할 수 있다. 우리는 누군가와 긍정적인 관계를 형성할 수도 있고, 부정적인 관계를 형성할 수도 있다. 그것은 각 개인마다 지각하고 이해하는 방법이 다르기 때문이다.

지각 위상 기법은 "지도는 영토가 아니다."라는 NLP의 대전제에서 출발한다. 서로가 다르게 지각하고 이해하는 데서 비롯된 의견의 불일치 상황을 NLP의 4가지 자세 중의 하나인 유연성(Flexibility)을 발휘하여 긍정적인 사고 및 입장으로 전환하는 것이다. 그렇게 함으로써 많은 인간관계에서 발생한 부정적인 감정으로 인해 내가 인식하여 저장된 스트레스 상황을 차단하는 것이다.

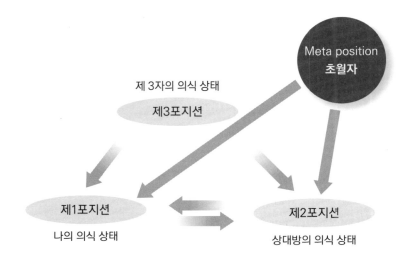

이 기법에는 자신의 의식 상태, 상대방의 의식 상태, 제 3자의 의식 상태 등으로 나뉘어서 생각해볼 수 있다. 코칭을 통해 나 자신은 제1 포지션인 나의 의식 상태에서 빠져나와 제3 포지션인 제3자의 의식 상태에 들어간다. 제3 포지션에서 다시 제2 포지션인 상대방의 의식 상태에 들어가서 상대의 입장을 들여다본다. 그리고는 다시 제3 포지션으로 돌아와 전체의 상황을 확인한 후, 원래의 나의 의식 상태인 제1 포지션으로 이동한다. 지각 위상 기법은 어떠한 것에 대해 위치에 따라 보이는 것이 다 달라진다는 것을 체험하게 하며, 결국은 우리가 관계를 맺으면서 겪은 상처나 불편으로 인해 내 마음속에 품고 있는 것을 스스로 해소하게 해준다.

더 나아가 초월자(Meta Position) 의식 상태는 몰입(Associate)과 관망(Dissociate) 기법의 관망적 자세를 견지하므로, 초월적인 관점(Meta view)에서 상황을 볼 수 있어 인간관계 및 신규 프로젝트 검토에 매우 효율적이다. 그리고 이 기법은 게슈탈트 요법(Gestalt Therapy)의 빈의자 기법[1]과 유사하다.

나는 지각 위상 기법을 통해 인간관계 중 부정적인 관계 형성으로 내가 받은 불편한 상황을 정리할 수 있었다. 또, "인간의 모든 행동에는 반드시 긍정적인 의도가 있다."라는 전제와 결합하여 유연성을 발휘하며 그러한 위기를 넘기고 있다.

∴ 의미 전환(Reframing)

우리에게 어떤 상황이 닥치는데, 긍정적 또는 부정적으로 받아들여야 하는 두 가지 선택지밖에 존재하지 않는다고 하자. 이럴 경우, 인간은 대체로 부정적인 상황으로 받아들이는 경향이 높다고 한다. 하지만 성숙한 사람이라면, 부정적인 상황을 선택했다 하더

1_ 자신이나 타인과의 관계를 과거가 아닌 지금 현재 시점에서 심리적 탐색을 통해 긍정화시켜 발전적 성장 또는 관계 불편 해소를 위해 사용하는 기법으로 게슈탈트 요법의 전문가인 프레드릭 펄스(Fredrick Perls)가 발전시킨 기법이다. 빈의자를 두고 고객이 마치 그의 상대들이 그 자리(의자)에 앉아 있다고 가정하여 이루어지는 일종의 역할극이다.

라도 그것을 인지하고 곧바로 긍정적인 상황으로 의미를 전환할 수 있다.

의미 전환(Reframing) 기법은 말 그대로 액자를 다시 만드는 것, 즉 생각의 틀을 다시 짜는 기법을 말한다. 어떤 사물이나 상황을 더 긍정적으로 바라보고 성숙한 감정 상태에서 대응할 수 있도록 그 사물이나 상황에 대해 기존에 부여했던 상황이나 의미를 바꾸는 것이다.

우리가 잘 아는 고사성어 중 '새옹지마(塞翁之馬)'라는 말이 있다. 중국 변방의 늙은 노인의 말처럼 복이 화가 되기도 하고, 화가 복이 될 수도 있다는 뜻인 이 고사성어는 의미 전환을 잘 보여주는 예시이다.

에디슨이 67세의 나이에 연구실에 불이 나서 모든 연구 자료가 불에 타버린 일화가 있다. 이에 에디슨은 "어젯밤의 불로 인해 나는 하늘에게 감사하게 되었습니다. 우리가 지난날 범했던 모든 실수가 어젯밤의 불로 모두 소각되었습니다. 이제 앞으로 우리는 이 땅 위에서 다시 더욱 완벽하고 더욱 앞서 나가는 실험실을 세울 수 있게 되었습니다."라고 했다고 한다.

출처: 구글 이미지

위의 그림을 한 번 살펴보자.

우리가 지각하고 있는 상황이나 의미에 대한 전환을 설명할 때 자주 사용되는 그림이다. 그림의 프레이밍을 바꿨을 뿐인데 전혀 다른 느낌을 주지 않는가?

나는 이 기법을 통해 내가 가지고 있는 생각이나 관점, 주장만을 고집하지 않고 다른 사람의 세계지도(세계관)를 존중하며 좀 더 유연하게 나를 발전시키려 노력한다. 또한, 노인 새옹(塞翁)처럼 작은 일에 일희일비(一喜一悲)하지 않는 일관성을 유지하고자 노력한다.

:: **적량화**(Chunking)

내가 하고자 계획한 일이나 목표가 너무 크다면, 그것을 달성하는 게 막연하고 힘들어서 지레 포기해버릴 수 있다. 반대로 계획한 일이나 목표가 가볍다면, 성취 욕구가 약해질 수 있다.

어떠한 일이라도 그것을 다루기에 적당한 크기로 나누어서 일을 처리하면 효과적이다. 이것이 적량화(Chunking) 기법이다. 미래에 성취하고자 하는 목표(Outcome)가 있다면 이것이 너무 크고 부담스럽다 하더라도 다루기에 적당한 크기의 덩어리로 나누어서 실행하면 반드시 이룰 수 있다.

피자로 예를 들어보면, 우리가 피자를 주문하면 이미 먹기 좋은 크기로 나누어져 있는 것을 볼 수 있다. 그러나 피자를 나누지 않고 하나의 덩어리로 받는다면 먹기 곤란하게 느껴질 수도 있다. 적절하게 나누어진 피자가 바로 적량화된 상태로 볼 수 있다.

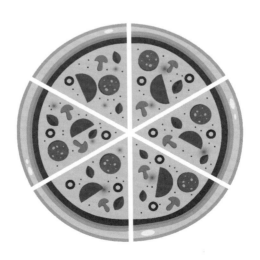

나는 내가 이루고자 하는 목표를 달성하기 위해 적절한 시기와 크기를 나누어서 실행에 옮기고 있다. 이러한 방법을 통하면 목표가 훨씬 손에 잡힐 듯 현실성이 있으며, 실행에 대한 의지 또한 더욱 공고히 다지게 되어 달성하는 바를 이룰 수 있다.

나에게 필요한 NLP 기법을 적용하여 목표를 세우고 달성해보세요.

이런 코치가 되고 싶다

"무엇이든지 당신이 그걸 아주 사랑한다면
그것이 당신에게 말을 걸 것이다."

– 조지 W. 커버

      ✍ '기억한다는 것이 바로 산다는 것(To remember is to live)'이라는 말이 있다. 예전에는 무엇이든 머리로 기억하려 했는데, 나이가 들어감에 따라 머리가 아닌 가슴에 새겨두게 된다. 고(故) 신영복 선생님께서 쓰신 『담론』에도 이런 이야기가 나온다. '공부는 머리가 하는 것이 아닌, 가슴으로 하는 것이며, 가슴에서 끝나는 여행이 아니라, 가슴에서 발까지의 여행'이라고 하셨다.

  코칭이라는 것은 하나의 학문이며, 코치 자격의 취득을 성공의 도구로만 생각할 수도 있다. 그러나 코칭이 가지는 철학은 배운 것을 단순히 머리에 담아두는 것이 아니라 가슴에 품고 살아가는 것이다. 코치의 자세는 고객의 동반자로서, 고객의 롤 모델로서, 고객과 함께 성장하고 실천해야 한다.

대학원에 진학하면서 단순히 학문이나 이론, 기법을 배운 것이 아니라 코칭을 통해 인생을 새롭게 다시 사는 계기가 되었다. 동기들, 선배들, 교수님들 한 분 한 분이 다 소중하고 감사하다.

모든 수업이 다 소중하고 인상적이지만, 김영기 교수님의 〈조직 코칭〉이라는 과목이 특히 가슴에 많이 남아있다. 아픔을 극복하고 새롭게 출발하려는 나에게 의욕과 전환점을 준 수업이다. 교수님께서는 매 강의마다 모든 것을 다 꺼내놓으실 듯한 정열적인 기세로 수업을 하신다. 그리고 개인적으로 뵐 때마다 늘 우리 가족을 위해 좋은 말씀과 기도를 아끼지 않으신다. 은사님으로서, 코치로서, 인생의 선배로서 항상 많은 가르침을 아낌없이 나누어주신다.

NLP 마스터 트레이너이신 심교준 교수님의 도움으로 나는 NLP 트레이너 과정을 무사히 마칠 수 있었다. NLP 트레이너가 되고 난 후 변화가 있다면, 전보다 코칭의 내용이 알차고 풍부해졌으며, 고객을 대함에 있어서도 마음의 안정을 찾을 수 있게 되었다. NLP 트레이너 과정은 내가 이론적으로 배운 NLP의 지식을 체득화하는 시간이 되었다. 심 교수님의 강의가 있을 때마다 여건이 되면 진행에 도움을 드리기도 했고, 수업 중 일부 과정은 트레이너로서 직접 강의를 하는 행운까지 가질 수 있었다.

심교준 교수님의 NLP 트레이너 과정에 참가했을 때, 김봉한 박사님을 강릉에서 만나게 되었다. 김 박사님은 태권도 공인 9단이라는 무시무시한 이력을 가지고 계시지만, 상대를 편안하게 해주고 절제되고 깔끔한 첫인상을 받았다. 김 박사님과 11일 낮과 밤을 함께 눈뜨면 NLP로 시작하여 잠들기 직전까지도 NLP를 생각하며 트레이너 과정을 거쳤다. 목표를 향해 함께 나아가는 동반자로서 인생 선배로서 항상 좋은 도움과 기운을 많이 받고 있다.

언급한 분들 외에도 남서울대 코칭학과 도미향 학과장님 이하 다른 교수님들께 이 기회를 빌어 감사 인사를 전하고 싶다.

대학원에 진학하면서 동기들을 사귀게 되고, 교수님들의 훌륭한 강의를 들으며 배움을 익히고, 나의 삶이 외연이나 내면이 NLP를 통해 무한하게 뻗어가고 있다. NLP의 이론뿐만 아니라 좋은 사람들과 함께 나눈 소소한 추억들이 나의 삶을 더 따뜻하게 알차게 채워주는 것이다.

단순히 머리에 외우는 것이 아닌 가슴에 새기는 것, 마음이 따뜻한 인간미가 은은하게 풍기는 코치가 되고자 한다. 누군가를 겉모습으로 판단하지 않고 내면을 들여다볼 수 있는 용기와 지혜를 가진 코치가 되고자 한다. 내가 가진 것을 아끼지 않고 내어주어 함께 성장하는 그런 코치가 되고자 한다. 늘 감사하는 마음으로 더불어 다 함께 살아가고자 하는 그런 코치가 되고자 한다.

chapter **04**

오래되어 더욱
소중한 것들

아들이 보내온 편지

"나무에 앉은 새는 나뭇가지가 부러지는 것을 두려워하지 않습니다.
그건 나뭇가지를 믿어서가 아니라 자신의 날개를 믿기 때문이죠.
항상 당신 자신을 믿으세요."

– 김새해

✎ 가족은 가장 가까운 존재이면서도 가장 어려운 존재이기도 하다. 무슨 일이 생기면 가장 먼저 달려와 손을 내밀어주는 사람이 바로 가족이다. 또한, 마음속 깊은 속내를 터놓기 가장 힘든 상대가 바로 가족이다.

내가 나와 다른 누군가와 만나 결혼을 하고 아들들이 태어나면서 하나의 가정이 완성되었다. 아들들은 나와 비슷한 구석이 있지만, 어딘가는 아내를 빼닮은 듯하며 또, 우리 부부와는 전혀 다른 모습이 나타나기도 한다. 내가 낳은 자식이라고 해서 부모의 욕심대로 자식을 마음대로 할 수 없다. 자식은 부모의 소유물이 아닌 하나의 인격체이며, 그들 스스로 자신의 길을 잘 걸어갈 수 있도록 부모는 옆에서 지켜보고 응원해주어야 한다. '부모는 자식의 거울'이라는 말이 있다. 아들의 거울이 반듯할 수 있도록 나와 아내가 더욱 바른 길을 갈고 닦아야 할 것이다.

　아들의 수능이 끝나고 며칠이 지났을 무렵, 아침에 수영을 가려고 집에서 나오는데, 하나의 문자메시지가 와있었다. 밤새 고민하며 잠을 이루지 못하던 아들이 내 인기척을 듣고 문자를 보냈으리라 짐작된다. 평소와는 다른, 아들의 메시지에는 아들의 고민과 아들의 속내가 어렴풋이 보이는 듯했다. 고맙고 반가운 편지였다. 나도 아들에게 아빠가 언제나 그 자리에서 아들을 믿고 있고 항상 고맙다는 마음을 전하고 싶었다.

2019. 11. 22.

아들이 아빠에게

내가 중학생 때 아빠는 나에게
지금에 비해 무뚝뚝한 아빠였던 거 같은데,
그러던 아빠가 나에게 따뜻하게 다가왔고,
성격을 바꾸어 나를 위해 다가오는 게 미안하기도 하였고,
아빠도 안 하던 거를 하려고 하다 보니 힘들 테니,
내가 피하는 게 서로에게 나을 거란 생각에 피하다 보니,
지금은 내가 피할 때도 있을 거고 또는 피하려는 의도가 없었어도,
아빠 입장에서는 피하려고 하는 거 같아서 힘들었을 것 같네.

내가 아빠한테 힘내고 우리 파이팅 하자라는 말을
매일 해주지도 못하는 부분에서는 엄마를 닮았나 봐.

엄마랑 아빠가 오래 함께 살면서 서로 이해하고 참고 맞춰준 게 많
았겠지.
내 예상인데, 엄마 입장에서는 많은 거를 이해해왔는데,
이런 거는 내 성격이랑 안 맞는데 매일 매일 더 신경 쓰면서 챙겨줘
야 할까?
라는 생각이 들 수도 있다고 생각해.

나는 아빠한테 도움이 되지 않는데,

'따뜻한 말 한마디라도 해줘야겠다.'라고 생각하기도 했으니까.

그리고 아빠가 회사 생활을 굉장히 힘들게 하고,

공부도 힘든 와중에 하고 운동을 해서 노후관리도 하는데,

내가 커서 아빠 건강에 대한 걱정을 덜어줘야 하는데,

나는 공부를 잘 못해서 아빠 자존심도 세워주지 못하고,

가족 간의 대화, 정, 행사에 대해 큰 신경을 쓰지 않는 건 엄마를 닮았는지

좋은 가족 분위기를 만드는 데 도움을 못 줘서 미안해.

가족 중에 2명이나 신경을 안 쓰니 아빠 혼자 많이 힘들었을 것이고,

이리저리 치이다 보니 아빠가 많이 힘든 상태로 집을 오는데,

그런 아빠가 집에서 하는 것을 나는 속 좁고 고집이 쎄다라고 생각했는데,

아빠가 슈퍼맨이 아니잖아 ㅎㅎ.

그리고 감정적으로 행동할 수 있는 부분인데,

내가 아빠를 바라볼 때 내로남불이 심했던 거 같아.

우리 가족이 개개인 힘들어서 혼자만의 시간이 필요한 사람도 있을 것이고,

뭉쳐서 서로 위로해주고 힘이 되어주자라는 사람도 있을 텐데,

우리 모두가 사람이다 보니까

감정적으로 행동할 수도 있고 생각이 안 맞을 수도 있는데,

운이 안 좋게도 다 맞물려서 이런 일이 일어난 거 같은데,

일이 일어난 오늘보다 앞으로 날들이 더 중요하잖아.

우리가 서로 존중해주면서 맞춰 나가도록

노력하면 되지 않을까 싶어.

밖이 많이 추울 텐데 몸 신경 쓰고,

이번 주말 힘든 일 많다고 했는데, 파이팅 하고 아프지 않았으면
좋겠어.

이런 말도 문자로밖에 못 해줘서 미안하고,

우리 엄마 1년에 한 번 있는 생일인데 담주에라도 축하해주고 맛
난 거 먹으러 가자 ㅎㅎ.

나에 대해서 걱정 많을 거고,

기대에 못 미치고 어디 내놓을 자랑 없는 아들이라 미안해.

앞으로 더 노력할게. 정말 미안해.

2019. 11. 22.

아빠가 아들에게

아들아, 이른 아침에 잠도 못 자고
감동의 문자를 보내줘서 너무 고맙다. ^^

아빠도 살면서 잘못한 것도 많고 실수한 것도 무척 많다고 생각
한다.
그때 조금 더 열심히 잘 할 걸 또는 조금 더 신경 써서 할 걸 이
렇게.
하지만 그때는 몰랐는데 이제야 후회가 많이 되네.
너한테도 그리고 엄마한테도~.

우리 가족 누구도 서로에게 잘못한 것은 없다고 생각한다.
최선을 다했지만 조금 부족했을 뿐~.
지금부터라도 최선을 다해보자.

엄마 생일도 다음 주에 시간 내어 다시 축하해주고~.
재수도 네 의견을 따라야지.
하지만 엄마도 아빠도 같은 생각인데,
어디 대학이든 지원을 해서 결과를 봤으면 한다.

다시 한 번 네 생각을 얘기해줘서 너무 고맙다.

오늘도 파이팅 하자. ^^

아내에게 전하고 싶은 말

"순간순간 사랑하고 순간순간 행복하세요.
그 순간이 모여 당신의 인생이 됩니다."

– 혜민 스님

✎ NLP를 배우고 나에게 많은 긍정적인 변화가 있는데 그중 하나가 미소이다. 아마 내 얼굴의 주름들이 그 반증이 아닐까 싶다. 또 다른 하나는 매사 감사하는 마음이다. 아직도 어색할 때가 있지만, 이런 나의 마음을 표현하고자 노력하는 자세로 많이 바뀌고 있다.

가장 쉽지 않은 상대가 있다. 바로 아내이다. 그 이유는 아내에 대한 감사의 마음을 매일 세레나데로 노래해도 다 표현하기 부족하기 때문이다. 내가 아내에게 무뚝뚝한 남편이기보다는 아직도 쑥스러움이 많은 남편이라서 이렇게 활자로 용기를 내어본다.

아내와 나는 오랜 세월 동안 희로애락의 여러 감정을 함께 겪어

오면서 누구보다도 든든한 서로의 편이 되었다. 나와는 정반대 성격인 아내는 때때로 튀어나오는 나의 고약한 성미를 포용해주는 드넓은 바다가 되기도 했고, 즉흥적인 나의 행동들을 유연하게 해주는 잔잔한 강이기도 했다.

지금에서야 털어놓는 이야기지만, 아빠로서, 그리고 남편으로서, 다소 불편하고 하기 싫은 일은 아내에게 미루었던 적이 없지 않다. 아마 아내도 이미 눈치 챘을 것이리라. 그럼에도 불구하고 아내는 묵묵히 궂은일을 마다하지 않았다.

아내는 큰아들의 질환이 발병하고 고등학교 졸업 때까지 약 5년여 동안 비가 오나 눈이 오나 큰아들에게 문제가 없을 때나 문제가 있을 때나 오전에 학교에 데려가고 오후에 데려오는 고단한 일을 맡았다. 병원 정기 방문은 물론 때로는 긴급하게 문제가 생기면, 택시나 앰뷸런스를 타고 병원 응급실을 가는 등의 수고는 말할 것도 없다. 물론 큰아들의 아픔에 비하면 비교할 바가 아니었지만, 아내의 가슴에도 얼마나 아픔이 사무쳤을까? 다른 이들에게 속내를 털어놓지 못하는 아내의 성격상 그 괴로움에 얼마나 힘들었을까? 이제 아내는 그런 슬픔과 아픔과 힘든 본인의 짐을 조금은 내려놓았을까?

아내와 내가 서로 바쁘게 본인의 생활을 이어가기로 약속을 한 후, 아내가 직업상담사의 일을 시작한 지 벌써 4년이 지났다. 아내의 성격상 새로운 사람과 쉬이 친해지기 어려운 것도 있을 수 있고, 전화로 상대를 설득하고 이해시키는 것이 소통의 여러 방법 중에서 가장 힘든 방법일 수 있으며, 게다가 상담 성공의 실적에 대한 부담도 많을 텐데, 그래도 내가 보기에는 아내가 잘 극복하고 이겨내고 있는 것 같다. 주위 사람들은 아내가 이 일을 시작하고 나서 얼굴이 많이 밝아지고 웃음이 많아졌다고들 한다. 내가 보아도 그렇다. 아내가 건강하게 잘 지내 주어서 늘 한결같이 그 자리에 있어 줘서 감사하고 감사하다.

서미우, 서울에 사는 아름다운 친구

"친구란
내 슬픔을 등에 지고 가는 자이다."

– 인디언 속담

.✎ 우리는 세상을 살면서 혼자 살 수가 없다. 반드시 그 어떤 상대와는 관계를 맺고 살아가기 마련이다. 나는 나의 실리를 떠나서 소통할 수 있는 누구든 간에 관계 형성의 중요성을 가슴에 새기며 살아가고 있다.

현재 지구 전체의 인구는 약 78억 명에 이른다고 한다. 이들 중 단순히 나와 옷깃을 스치는 인연이 되는 사람은 과연 몇이나 될까? 이러한 생각을 좀 더 구체화할 수 있는 자료가 존재한다.

미국의 사회학자인 솔라 풀(Sola Pool)은 우리가 일생 동안 만나는 중요한 사람이 평균 3,500명이라는 통계를 발표했다. 거리를 걸으며 간단하게 눈인사를 하며 지나치는 사람들은 이 숫자에서 제외된다.

미국의 자동차 판매왕, 조 지라드(Joe Girard)에 따르면 사람은 평균 250명 정도의 사람과 지속적인 관계를 형성한다고 하였다. 우리는 평생 3,500명 정도의 사람을 만나서 250명 정도의 사람들과 지속적인 관계를 맺으며 살아가는 것이다. 이러한 사람들이 어떤 사람이냐에 따라 우리의 인생에 영향을 주고받음이 분명하다. 나는 운 좋게도 주변에 서로를 위해주고 아끼며 좋은 기운을 주는 긍정적인 인연들이 존재한다. '서미우'도 그렇다.

나는 학급이라고는 달랑 두 반밖에 없는 시골의 조그마한 초등학교를 나왔다. 두 반을 합쳐도 전체 학생 수가 백여 명 안팎이다 보니 누가 누군지 다 아는 사이가 될 수밖에 없다. 초등학교 친구들과는 이제 50년 지기가 되었다.

아무래도 물리적으로 가깝고 만나기가 수월해서 서울에 사는 친구들을 주축으로 모인 초등학교 동창 모임이 바로 '서울에 사는 아름다운 친구'라는 뜻의 '서미우'이다. 반백 년 지기이다 보니 이제는 한참 만에 얼굴을 봐도 어제 본 것처럼 친근하다.

어린 시절에 할아버지께서 돌아가신 후 약 40년 넘게 집안에 상을 치를 일이 없었다. 그러다가 약 10여 년 전, 아버님이 졸지에 세상을 떠나시게 되자 나는 어찌할 바를 몰랐다. 더욱이 어떻게 슬퍼해야 하는지조차도 몰랐을 지경이었다. 그때 친구들이 본인의 일처럼 많이 아파해주고 나를 다독여줬다. 큰아들이 우리 곁을 떠날 때도 물론 그랬다. 마음을 이해해주는 오랜 친구들이 있어서 오늘의 인생이 덜 외롭다.

　나는 NLPer(NLP를 배워서 스스로 실천하고 가르치는 사람)로서 "지도는 현지가 아니다.", "다른 사람의 세계지도를 존중하라.", "인간의 모든 행동에는 반드시 긍정적인 의도가 있다." 그리고 "사람은 필요로 하는 자원은 모두 가지고 태어났다."라는 대전제들을 늘 마음속에 새기며 살아가고 있다. 내가 만나는 한 사람, 한 사람 모두 소중한 존재이기 때문이다. 이 시는 어떤가?

풀꽃

자세히 보아야
예쁘다.

오래 보아야
사랑스럽다.
너도 그렇다.

– 나태주

내려놓은 후에 시작된 만남, ph3

"진실된 우정이란
느리게 자라나는 나무와 같다."

– 조지 워싱턴

     ✒ 피천득 선생님의 『인연』에서는 어리석은 자는 인연을 만나도 인연인지 모르고, 보통 사람들은 인연인 줄은 알지만 이를 흘려보내며, 현명한 사람은 인연을 살릴 줄 안다고 하셨다. 코칭을 통해 나에게 소중한 인연들이 많이 있는데, 'ph3'도 그중 하나이다.

    나이도, 성장 배경도, 직업도, 어느 것 하나 같은 게 없는 우리지만, 서로 자기 것을 따지지 않고 가진 것은 함께 나누려 하고 서로 부족한 것을 채워주고자 하는 이들이 모였다. 예전에는 모두가 서로 다른 위치에서 각자의 목표로 코칭을 지향하고 있었다면, 이제는 같은 곳에서 공통된 지향점을 향해 한 걸음씩 발맞춰 내딛고 있다.

우연히 모임에서 이야기를 하다가 무의식중에 내가 "우리 애들"이라는 표현을 썼던 적이 있었다. 옆에서 이를 유심히 듣고 있던 친구가 나에게 "이야기 중에 애들이라고 하던데, 혹시 무슨 일이 있었니?"라고 조심스럽게 물었다. 나는 간단히 아픈 사연이 있다고만 대답했고, 친구는 더는 이야기하지 않고 나를 배려해줬다. 나는 친구의 경청과 직관을 통해서 이런 질문을 한 것에 대해 놀라지 않을 수가 없었다. 그리고 나를 더 곤란하게 하지 않은 배려심에 감사했다.

코칭을 통해 우리의 결속력이 점점 더 단단해지고 있다는 느낌이 든다. 같은 곳을 바라볼 수 있는 친구들이 있어서, 그리고 그 길을 향해 함께 가는 친구들이 있어서 참 좋다.

정신적인 사고(思考)로 뭉친 카르마(Karma)

> "인간은 자연 가운데서 가장 약한 하나의 갈대에 불과하다.
> 그러나 그것은 생각하는 갈대이다."
>
> – 블레즈 파스칼

    ✎ 인간이 지구상에 다른 동물들과 차별되는 점은 사유(思惟)의 능력이다. 프랑스의 사상가 B. 파스칼은 그의 저서 『팡세』의 서두에서 인간을 '생각하는 갈대'라고 지칭했다. 이는 성서에 나오는 '상한 갈대(마태오의 복음서 12:18 22, 이사야서 42:1 4)'에서 유래하는 것이다. 인간의 존재 자체는 지구상에서 연약하기 그지없지만, 사고(思考)할 수 있는 능력만으로 위대할 수 있다. 즉, 인간은 필연적으로 생각해야만 하는 존재 가치를 증명하는 동물이다.

이 만남의 시작은 큰아들로부터 비롯되었지만, 지금까지도 꾸준히 이어져 벌써 10여 년이 훌쩍 넘었다. 구성원의 나이가 천차만별이며, 직업도 대학교수, 박사, 교사, 한의사, 타로 마스터, 작가 등등 다양하다. 다들 자신의 분야에서 왕성하게 활동하시고 계시기 때문에 자주 만날 수는 없지만, 한 번 이야기를 시작하면 한 가지 주제로 몇 시간 동안 이야기꽃이 피어난다.

카르마(Karma)라는 용어는 불교 용어로, 중생이 몸과 입과 뜻으로 짓는 선악의 소행, 전생의 소행으로 말미암아 현세에 받는 응보(應報)를 말한다. 우리가 흔히 표현하는 내 업보라는 것도 이를 뜻한다. 모임의 목적은 '가마 읽기'를 통한 인생 공부가 시작이었다. 지금은 함께 공부하는 것보다는 친목에 가까운 형태로 바뀌었지만, 이 모임을 통해 나는 통찰을 얻어 간다. 다양한 사람들과 만남으로, 내가 가지고 있는 고정된 시각이나 생각이 넓어지고, 역동적으로 살아가게 하는 동력원을 얻게 된다. 다양한 이들과의 소통으로 새삼 인간관계의 소중함을 느낀다.

몇 해 전 돌아가신 일호(一湖) 선생님께서 나에게 따로 부르는 이름으로, '자운(慈雲)'이라는 호(號)를 지어주셨다. "널리 펼쳐지는 구름처럼 많은 사람에게 이롭고 자애롭게 도움을 주고 베풀며 살아라."는 뜻이다. 그리고 중국 사서삼경(四書三經) 중의 하나인 『역경(易經)』에 나오는 '순천(順天)'이라는 글자를 직접 적어주셨다. "하늘의 이치를 따르고 살라."는 말씀이시다.

선생님께서는 어떻게 아셨을까? 내가 세상을 살아가려고 지향하는 방향 말이다. 혹시 나에게서 그런 인상을 받으셨을까? 아마도 항상 그렇게 생각하고 노력을 하다 보면 언젠가는 내 얼굴에 그렇게 나타날 거라 믿는다. 많은 사람에게 이롭고 자애로운 도움을 베풀며 하늘의 이치를 따르고 살려고 오늘도 노력한다.

인생에서 가장 긴 여행이 뭘까?

✑ 고(故) 김수환 추기경께서는 "인생이란 머리에서 가슴으로의 여행"이라고 하셨다. 신체의 길이로 따지면 짧다고 볼 수 있는 물리적 거리일 뿐이다. 하지만 다르게 보면 가장 긴 여행이 될 수도 있다. 지식을 배워서 머리에만 담아두지 않고 가슴으로 느껴서 실천하는 것이 바로 인생이라는 의미가 아닐까 생각해본다. 이 세상을 사는 많은 이들이 짧으면 짧고, 길다면 긴, 이 여행을 잘 가고 있는 것일까?

삶은 똑같은 일이 반복되지 않는다. 비슷해 보이는 일상이라도 어제와 오늘이 다르고, 오늘과 내일이 또 다른 날이다. 같은 일이 되풀이되지 않고 날마다 새로운 날이라서 살아갈 만한 가치가 있는지도 모른다. 어제의 과오를 반성하고, 오늘의 최선을 다하여, 내일의 설렘을 안고 사는 것이 바로 인생이다.

인생에 있어서 가장 소중한 것도 함께한다면, 더할 나위 없이 좋을 것이다. 인생이라는 여행길을 함께할 동반자를 3F라고 부를 수도 있다. Family(가족), Friends(친구 또는 동반자), 그리고 Fun(삶에 대한 무한 긍정, 흥미 또는 재미)이 이에 해당한다.

NLP의 전제처럼 마치 우리가 원하는 바가 이루어진 것처럼 오늘을 살아가자. 우리의 인생에서 소중한 이들과 함께 머리보다는 가슴으로 이해하며 실천하는 그런 인생 여행을 떠나보자.

Q 참고문헌

- 『긍정심리학』, Martin E. P. Seligman, 김인자; 우문식 옮김, 물푸레, 2014
- 『나는 왜 이 일을 하는가?』, Simon Sinek, 이영민 옮김, 타임비즈, 2009
- 『담론』, 신영복, 돌베개, 2017
- 『도덕경』, 오강남, 현암사, 2016
- 『두뇌사용설명서』, Keiji Takahashi, 심교준 옮김, 씨앗을 뿌리는 사람, 1997
- 『리더는 어떻게 말하는가』, 김영기, 김영사, 2015
- 『서번트 리더십』, James C. Hunter, 김광수 옮김, 시대의 창, 2010
- 『성공하는 7가지 습관』, Stephen R. Covey, 김경섭 옮김, 김영사, 2017
- 『성취 심리학 Vol. 1~3』, 심교준, 씨앗을 뿌리는 사람, 2018
- 『코칭대화의 심화역량』, 김영기, 북마크, 2014
- 『Business Think』, Dave Marcum; Steve Smith; Mahan Khalsa, 김경섭; 최종옥 옮김, 김영사, 2003
- 『NLP 코칭기법』, 심교준, 조은, 2017

** 책 본문에 사용된 표는 심교준 저서, 『성취심리학』(출판사: 씨앗을 뿌리는 사람)에서 인용하였습니다.